AF613265

LILY PADIOLEAU

CROSSOVER KILLERS

LP

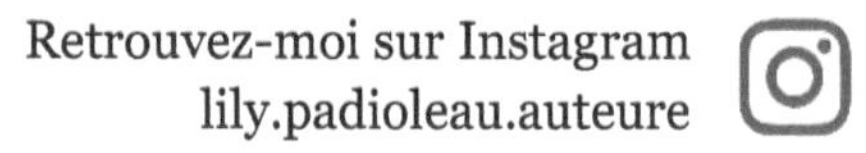

Couverture par Lily Padioleau.
Aide à la correction par Sienna Pratt.

Déconseillé aux moins de 16 ans.

Édité par : Lily Padioleau
ISBN version papier : 978-2-492237-22-5
14,99 Euros
Dépôt légal 2022
Imprimé à la demande par Amazon.

DE LA MÊME AUTEURE SUR AMAZON :

Jenna Tome 1/Jenna Tome 2

Dark Road – La descente aux enfers
Josh Park — Un passé torturé

La magie de l'amour Tome 1 & 2

Rose Delgado —The Blood Queen
Anton Medvedev—The Blood King
Rose & Anton — Fight for the Blood Throne

Échange (pas vraiment) Standard

The real story of Caleb Hayes

Les douceurs de Giuliana Moretti – La cannibale de Pescara

La sorcière et le tatoueur Tome 1 & 2
Moon & Winston La sorcière et le tatoueur Tome 3

La mafia ? Pas pour moi !

London's Depths 1 – Tumultes Sentimentaux
London's Depths 2 – Les brumes de l'incertitude
London's Depths 3 — L'impalpable Paladin
Co-écrit avec Sienna Pratt

REMERCIEMENTS

À tous ceux suffisamment courageux pour apprécier mes tueurs. À tous ceux qui devraient subir un examen psychologique, comme moi.

Ne vous inquiétez pas, aimer les tueurs en série, c'est normal. Surtout s'il s'agit des miens.

« Je la tue un jeudi soir. Le lendemain matin, je me fais porter malade auprès de mon patron. Je démembre son corps. Vendredi soir, je me débarrasse du cadavre, en gardant la tête et les mains, qui sont facilement identifiables. Le samedi matin, je pars de chez moi en les emportant. Je cherche un endroit sûr pour les enterrer. Ce n'est pas facile de se débarrasser de ces ***choses-là****. »*

Edmund Kemper

PROLOGUE

Dans sa combinaison en cuir noir, Lily ressemblait plus à une super héroïne qu'à la reine d'un royaume infernal regroupant bon nombre de démons et de pourritures. Pourtant, elle était loin d'être le genre de personne à vouloir sauver le monde ou même les humains, d'ailleurs, elle n'était pas vraiment ce qu'on appelle une *personne*.

Lily était une invention de Dieu, une créature démoniaque qu'il avait façonnée à l'image de son fils déchu, Lucifer et qui lui avait offert en guise de rédemption.

Ça n'avait pas eu l'effet escompté, mais cette histoire n'est pas prévue pour tout de suite.

La reine était une créature des ténèbres, mais elle n'en restait pas moins féminine et arborait souvent de magnifiques atours tout en restant à l'aise. Pas de cornes ni de couronne ou encore de longues robes et capes lourdes à s'en péter la colonne. Elle avait un faible pour le cuir et ne se gênait pas pour en porter du matin au soir, si tant est qu'il y en eût.

En Enfer, le temps ne s'écoulait pas de la même manière que sur Terre. Le matin, le midi et le soir n'avaient pas d'existence sous la surface. À quoi auraient-ils bien pu servir de toute manière ? Quand on n'a pas de repas à prendre pour vivre, quand le sommeil n'est pas utile à notre survie, quand on a l'immortalité devant nous, à quoi bon se plier à un rythme de vie ?

Lily se délectait de son immortalité, elle aimait beaucoup l'idée de pouvoir faire souffrir les humains jusqu'à la fin des temps et ne se faisait jamais prier pour aller torturer quelques âmes en peine dans les cachots de son royaume. Elle prenait alors la place de ses démons, leur montrant au passage sa toute-puissance, et elle utilisait les faiblesses des esprits perdus pour leur faire du mal.

Oh, bien sûr, elle ne le faisait pas avec tous, loin de là. Ceux qui avaient atterri ici en ayant eu un comportement peu exemplaire y passaient, sans exception. Mais ceux qui étaient là pour avoir massacré des Hommes, fait couler le sang ou encore mis à feu et à sang des villages étaient exemptés de torture. Ils étaient simplement enfermés dans des chambres, jusqu'à la fin des temps.

Oui, cela peut ressembler à de la torture pour certains, mais ils n'étaient pas malheureux. Chacun recevait ce qu'il aimait pour se distraire. *Ted Bundy* adorait lire, sa chambre était ensevelie sous les ouvrages. *Richard Ramirez* écoutait ses disques de métal à fond et faisait parfois vibrer les murs sombres. *John Wayne Gacy* aimait quant à lui assouvir ses pulsions sexuelles et recevait régulièrement des magazines pornographiques de très mauvais goût. Enfin, tout dépendait le point de vue, comme il est bien souvent question. Et ils n'étaient évidemment pas les seuls dans cet endroit. Bon nombre de tueurs en série, de violeurs et autres dictateurs se trouvaient en Enfer et profitaient de la chaleur et du confort que leur octroyait Lily.

Mais pour celle-ci, ce n'était plus suffisant.

Ce qu'ils avaient fait de leur vivant, ce qui les avait propulsés au rang de légende dans le monde des humains, c'était réellement admirable, mais personne n'avait pris le relai.

Quelques tueurs isolés avaient commis quelques actes de barbarie, mais nul n'avait atteint le standing de ces stars reléguées au rang de monstre.

Il n'y avait plus de *Jeffrey Dahmer*, d'*Aileen Wuornos* ou d'*Anatoly Onoprienko*[1] pour terroriser les nations et Lily en avait sa claque ! Il était grand temps que ça change et c'est en ayant ces terrifiantes pensées que la Reine eut une idée des plus diaboliques.

Si les êtres vivants n'étaient pas capables de s'entretuer et de foutre un peu le bordel là-haut, alors il fallait se tourner vers ceux qui étaient morts.

Le sourire aux lèvres, Lily se dirigea vers la salle du trône et demanda à l'une de ses démones préférées, celle qu'elle considérait comme son bras droit, de lui apporter les registres.

— Vous voulez dire, tous les registres, ma reine ?

— Non, juste ceux des tueurs en série.

— Oh, mais il y en a un paquet... Pensez-vous tous les consulter ?

Agacée par celle qu'elle adorait pourtant plus que les autres, Lily souffla et la fumée qui s'échappa de sa tête fit comprendre à Bloody qu'elle ne devait pas insister plus.

— Je vous les apporte, ma reine.

— Non, attends ! Tu as raison, je ne vais pas tous les lire, quelle flemme ! Comment sont-ils classés, déjà ?

— Par date de mort.

— Très bien, alors ramène-moi les dossiers de

---

[1] Tueurs en séries américains et russe.

ceux qui sont morts… euh, disons… le vingt-trois août !

— Le vingt-trois août ? Une raison particulière, ma reine ?

Lily foudroya du regard sa démoniaque assistante et fut à deux doigts de l'incendier réellement. Elle plissa les yeux et une flamme commença à jaillir dans la paume de sa main, mais elle se reprit très vite. Bloody était la seule à comprendre ses demandes à la perfection habituellement, elle ne pouvait pas se séparer d'elle. Sous aucun prétexte.

— Réfléchis, Bloody ! Sers-toi de ta tête, un petit peu !

À ces mots, la terrifiante, mais non moins attirante, démone, eut un éclair de lucidité et se frappa la tête du plat de la main.

— Mais oui, putain ! Votre date de création !

— Ah, ça y est ! Tu connectes !

— Pardon, ma reine, j'étais ailleurs.

Si Bloody n'avait pas eu la peau rouge sang, elle aurait sûrement rougi. Son esprit était accaparé par un homme qui retenait toute son attention et qui la faisait frémir comme l'huile sur le feu.

Lily était au fait de ses petites visites dans l'antre du tueur et savait donc pertinemment à quoi était occupé l'esprit de Bloody.

— Je sais où tu avais la tête, mais là ce n'est pas le moment de penser à t'envoyer en l'air avec Ramirez ! Concentre-toi sur ce que je te demande, c'est urgent !

La voix affirmée et forte de Lily avait claqué comme un fouet sur le cul d'un condamné. Bloody ne discuta pas plus longtemps et disparut dans un nuage de fumée pour rejoindre les archives.

Eh oui, même l'Enfer avait besoin d'une certaine

organisation. De toute façon, qui aurait voulu d'un royaume anarchique ? Personne, en dehors de Lucifer peut-être qui avait tendance à ne rien faire comme les autres. Il avait laissé l'Enfer se gérer de lui-même pendant des siècles, mais Lily avait repris les choses en main et tout roulait à la perfection depuis qu'elle était sur le trône.

Son plan démoniaque le prouvait une fois de plus, elle avait de la ressource et de l'ambition, elle était faite pour diriger cet endroit et conquérir les autres.

Installée sur son imposant trône en ossements, Lily se frotta les mains d'avance. Son idée était réellement terrifiante et, bientôt, la terre se trouverait dans le creux de sa main.

Enfin, si elle se décidait à sortir de son trou pour mener son plan à bien.

CHAPITRE UN

La salle dans laquelle se trouvaient les tueurs et la reine était immense, même si le noir profond qui composait les murs, le sol et le plafond avait un aspect rétrécissant. Au centre de la pièce, il y avait une table gigantesque, recouverte de plans et de documents en tous genres. Dans le fond, un trône composé de crânes et un tas d'autres os. Si les six personnes qui avaient été conduites ici n'avaient pas été des tueurs, ils auraient pu frémir d'horreur devant une telle chose. Mais ils s'en trouvèrent amusés et le Blood King laissa même aller un léger rire — extrêmement léger d'ailleurs, il aurait aisément pu être comparé à un simple bruit de bouche.

Rose et Anton, le couple mythique des années 2010 qui avait sévi aux États-Unis, se tenaient l'un à côté de l'autre et ne se lâchaient pas d'une semelle. Quand l'un bougeait, l'autre suivait. S'ils n'avaient pas été aussi bruyants dans la chambre qu'ils partageaient, on aurait pu croire à des siamois. Oh, et si leur physique n'était pas aussi diamétralement opposé.

Rose était une petite femme brune au regard sombre. Elle avait la peau hâlée des *latinas* et était d'une beauté époustouflante. Anton quant à lui était immense — deux mètres ça commence à faire ! —, il avait les cheveux très longs avec quelques mèches blondes, des yeux d'un bleu perçant et une barbe incroyablement fournie. Ses muscles semblaient être sur le point d'exploser, ou du moins de déchirer le t-shirt noir qu'il portait.

Ils n'avaient en commun que leur goût prononcé pour le sang et la mort. Ce fut d'ailleurs ce point qui les avait rapprochés et qui les avait fait tomber éperdument amoureux. Chacun ayant changé au contact de l'autre, ils avaient décidé de partir en *road trip* sanglant avant d'être sur le point de se faire coincer par un agent du *FBI* un peu trop intelligent et de décider de se trancher la gorge pour lui échapper. Sage décision, ni la *Blood Queen* ni le *Blood King* n'aurait survécu à l'enfer de la prison.

Caleb Hayes en savait quelque chose. Il avait passé du temps derrière les barreaux et avait même perdu la vie au sein de la *Walton Gaol* de *Liverpool*. Le jeune homme de vingt-trois ans — à l'époque où il était mort, évidemment, puisqu'une fois ici, le temps arrêtait de faire son œuvre — était très réservé et aurait préféré se trouver partout sauf en ces lieux. Non pas qu'il haïssait les autres, mais il se sentait très mal en leur compagnie et seule celle de Oscar Gale réussissait à apaiser quelque peu son trouble.

Le pyromane n'en revenait toujours pas de se trouver en présence de son ami et n'avait qu'une seule envie : lui raconter tout ce qu'il s'était passé grâce à lui. Son évasion, celle d'Evans, le courage qu'avait eu Perry... Mais le temps n'était pas encore aux retrouvailles et la reine avait exigé le silence.

Giuliana Moretti n'aimait pas sa façon de faire d'ailleurs. Elle se tenait droite, le menton relevé et les bras croisés, prête à bondir sur ces humains pathétiques qui l'entouraient. Son regard bleu était braqué sur Lily, qui était en train de discuter avec une autre de ses démones favorites, Maze.

La reine avait demandé le silence afin de leur détailler son plan, mais elle avait été interrompue par la démone à la peau rouge et au corps de rêve. Ou de cauchemar, là aussi l'angle de vue est important.

Non loin de la petite troupe se trouvait un homme d'un certain âge, un homme que tous dans la pièce semblaient reconnaître, sans pour autant être en mesure de mettre un nom sur le visage familier.

Les cheveux gris, une moustache fournie et entretenue ainsi qu'un costume impeccable... mais qui était donc cet homme ? Il tenait dans sa main une longue canne et semblait tout droit sorti d'une époque bien lointaine, plus encore que celles d'où venaient les autres.

Il était le seul à demeurer calme et serein, son regard clair était fixé sur la reine, il l'admirait en silence, laissant ses pensées perverses inonder son esprit.

Quand elle eut terminé son entretien avec Maze, Lily reporta son attention sur son équipe.

— Bien, pardonnez cette interruption.

Anton était déjà très agacé, il ne retint pas l'élan de colère qui lui vint. Reine ou pas, il en avait ras le cul !

— Tu vas nous dire ce qu'on fout ici, bordel ?!

La reine le transperça du regard, elle ne supportait pas de se faire traiter de la sorte, elle était la reine après tout ! Qui était-il, lui, pour s'adresser à elle ainsi ? Elle s'approcha de lui en un éclair et le fit léviter avec la seule force de sa pensée.

— Anton Medvedev, tu vas choisir tes mots avec plus de respect ! Je ne suis pas n'importe qui !

Rose n'attendit pas une seconde de plus et se jeta sur Lily, qui la fit voler elle aussi. Que croyait la tueuse au juste ? Qu'elle pouvait rivaliser avec les pouvoirs d'une créature aussi puissante que la reine ? Grossière erreur !

Les deux tueurs en l'air, Lily se tourna vers le reste de l'équipe et les menaça :

— Vous devez comprendre que vous ne vous adressez pas à une vulgaire humaine. Je suis la reine ici, vous me devez le respect !

Sa voix était terrifiante ! Frissonnant mélange de plusieurs intonations, elle avait ce côté démon de film d'horreur qui glace le sang et donne envie de se faire éclater la cervelle.

— Personne n'a le droit de me parler comme vient de le faire Anton, c'est compris ?!

Tous hochèrent la tête, bien que Giuliana eut envie d'en couper une. La reine pivota à nouveau pour faire face au couple et elle plissa les yeux à leur encontre.

— Tenez-vous à carreau, sinon je vous envoie dans une autre aile de ce royaume et je vous jure que vous le regretterez amèrement.

Rose ne desserrait pas sa mâchoire, la seule chose capable de la mettre en colère et de la faire sortir de ses gonds, c'était qu'on touche à son roi. Elle gardait sur Lily un regard mauvais et cette dernière n'apprécia pas du tout cela. Elle s'approcha en lévitant de la tueuse à la hache et s'arrêta à quelques centimètres de son visage.

— Ma chère Rose, je connais tout de tes peurs et de tes cauchemars. Imagine une pièce où tu vis en boucle la mort de ton géant russe... où tu le vois se vider de son sang sous les rires des flics... sans pouvoir agir. Jamais.

Rose ravala difficilement sa salive et son cœur — oui, son cœur, il fallait bien qu'elle ressente quelque chose cette femme ! —, s'accéléra subitement dans sa poitrine. L'idée seule de voir son précieux Anton mourir la terrifiait, oui, mais la tétanisait même complètement !

— C'est ce que tu vivras en boucle pour l'éternité si tu n'apprends pas à respecter ta reine. On s'est comprises ?

Rose hocha la tête, un peu à contrecœur, mais surtout parce qu'il était hors de question qu'elle soit séparée de l'homme qu'elle aimait.

— Je n'ai pas entendu...

— Oui, je vais fermer ma gueule, maugréa-t-elle.

— Bien !

Lily jeta un œil à Anton et haussa un sourcil, elle n'eut même pas besoin de parler pour qu'il comprenne ce qu'elle attendait de lui.

— Je ferai pareil.

La reine remit tout le monde à sa place, dans les deux sens finalement, puis reprit elle-même la sienne. Elle s'installa en bout de table et commença à expliquer ce qu'elle avait en tête.

— Comme je vous l'ai déjà dit, j'ai besoin d'une équipe de tueurs. J'ai l'intention de foutre un maximum de bordel sur terre et je pense que vous pouvez m'y aider.

— Excusez-moi, mais... comment voulez-vous qu'on fasse ? On est morts...

Caleb s'était avancé timidement et avait osé poser la question qui lui brûlait les lèvres depuis que Lily était venue le chercher dans sa chambre. Mais cet effort lui coûtait, plus encore quand il se rendit compte que tous les regards convergeaient sur lui. Il baissa la tête et Lily lui fit un sourire diablement sexy qu'il manqua.

— Je vous l'ai dit, je suis la reine ici et j'ai tous les

pouvoirs. Je peux vous envoyer où je veux, comme je veux.

Giuliana en avait marre, elle avait l'impression de perdre son temps. Bien qu'elle n'en eut pas vraiment en Enfer et qu'elle avait l'éternité devant elle.

— On a compris que tu étais toute puissante, ta majesté, mais ce que je ne comprends pas pour ma part, c'est : pourquoi nous ? demanda-t-elle en s'avançant.

— Pourquoi vous ? Parce que vous avez marqué votre temps. Vous avez fait trembler des milliers d'habitants et parfois même des millions. Vous êtes entré dans la légende en faisant ce qui existe de plus horrible. Les humains vous craignent, ou du moins vous ont craint pendant des années. Vous savez qu'on parle encore de vous partout sur le globe ?

Anton ricana, suivi de Rose, qui se sentait galvanisée par ces compliments.

— C'est vrai ? demanda-t-elle avec un rictus incontrôlable.

— Oh oui... Vous avez provoqué un sacré bordel là-haut !

Rose plongea son regard dans celui d'Anton et se mordit la lèvre, ce n'était ni le lieu ni le moment d'être excitée par quoi que ce soit, pourtant c'était bien un brasier ardent qui commençait à croître au fond d'elle. Et il y avait de quoi ! C'était après tout pour provoquer cette terreur qu'ils avaient entrepris leur road trip, ils étaient heureux d'apprendre que cela avait fonctionné. Plus qu'ils ne l'avaient imaginé d'ailleurs.

— On a réussi, ma reine, susurra-t-il en approchant sa bouche de celle de Rose.

Leurs lèvres entrèrent en contact, avec passion et

fièvre, ils s'embrassèrent devant une assemblée de tueurs médusée et une reine morte de rire.

— Les tourtereaux ? On garde ça pour plus tard ?

Les deux tueurs se reprirent et écoutèrent la reine poursuivre.

— Je vous avoue que j'ai aussi pris connaissance de vos dossiers en fonction de la date de votre mort. Il fallait que je commence quelque part, alors... comme le classement ici se fait ainsi, j'ai consulté vos parcours après avoir fait ressortir vos noms des archives.

Gale jeta un œil à ces nouveaux collègues et leur demanda :

— Vous êtes tous morts un vingt-trois août ?

À l'unisson ou presque, ils hochèrent la tête. À l'exception de l'homme moustachu qui la secoua de droite à gauche.

— Vous êtes qui, vous ?

La reine sourit et sans laisser le temps à l'homme de se présenter, elle déclara, euphorique :

— Albert, c'est mon joker ! Il est là par rapport à son expérience et son goût peu commun pour le sexe sous toutes ses formes. C'est tellement rafraîchissant !

— Oh putain ! Je le savais ! Je vous reconnais, vous êtes Albert Fish !

Giuliana avait crié, elle ressemblait à une groupie qui rencontre son groupe préféré et qui s'époumone à un stupide concert. Excepté qu'elle ne vouait à Fish aucune espèce de culte, elle reconnaissait simplement qu'il avait eu du talent et de l'imagination. Ses meurtres étaient assez effroyables selon les standards de la Terre, magnifiquement réussis selon les standards de l'Enfer.

Albert Fish fit un petit sourire qui ressemblait à une

grimace et hocha la tête comme pour saluer ses semblables. Mais aucun d'eux ici n'était réellement semblable à cet homme... Il portait en lui tous les travers de l'humanité et était capable de bien des horreurs. Un homme merveilleux en somme !

— Ce que j'attends de vous est assez simple. Je vais vous renvoyer sur terre et vous ferez non pas un *road trip*, mais un... *planet trip* de l'horreur ! s'extasia Lily en frappant dans ses mains comme une gamine.

Rose trouva cette idée particulièrement intéressante. Revenir sur terre pour tuer, qui n'en rêve pas ? Bon, d'accord, seuls les *serial killers* doivent en rêver, mais tout de même ! Une opportunité d'accomplir une œuvre encore plus sanglante ? L'Enfer sur terre !

— Vous allez nous envoyer aux quatre coins du monde ? demanda-t-elle, avide de détails.

— Précisément !

La reine était réellement euphorique, elle avait le même sourire qu'ont les humains miniatures devant un sapin de Noël entouré de cadeaux, chose qu'elle trouvait répugnante d'ailleurs. Disons plutôt qu'elle avait le sourire d'un démon devant une éviscération parfaite et sanglante !

Tour à tour, les tueurs tournèrent la tête les uns vers les autres, curieux de voir comment ils réagissaient à cette proposition étrange et si alléchante.

Finalement, ils acceptèrent le plan de Lily et se préparèrent à remonter sur Terre avec le but de faire un maximum de victimes.

Ils avaient tous des raisons précises et différentes, certains avaient juste soif de sang, certains voulaient poursuivre leur œuvre de justice, d'autres voulaient plus que jamais se nourrir de l'humanité, au sens propre.

Ils étaient loin de se douter de ce qui les attendrait une fois remontés sur la terre des Hommes.

Les six de l'Enfer étaient formés. Allaient-ils rester six ? Rien n'était sûr...

CHAPITRE DEUX

Lily souriait face à ses tueurs, elle était ravie qu'ils eussent accepté sa proposition et ne tarda pas à leur parler du plan. Ou du moins de l'idée globale car elle estimait qu'il n'appartenait qu'à eux de décider de la marche à suivre. Elle fournissait l'équipement et les planques, ils faisaient marcher leurs cervelles pour déterminer la façon dont ils s'y prendraient.

— Alors, j'ai pensé que vous pourriez commencer par l'Europe. J'ai donc mis à votre disposition un hôtel particulier à Paris, à Montmartre plus précisément. Puis vous aurez un logement à Rome, un à Lisbonne, à Londres et à Berlin. Dans chaque habitation, un de mes démons se chargera de vous fournir tout l'équipement nécessaire à votre œuvre. Vous n'aurez qu'à dresser une liste.

À ces mots, le sourire de Rose s'illumina et son esprit se mit à partir dans tous les sens. Elle savait déjà tout ce qu'elle allait demander, ce qui transformerait la maison en centre de contrôle, un peu comme dans son ancienne cave. Qu'elle lui manquait cette cave ! Elle avait mis si longtemps à la construire et si peu de temps à la détruire...

— Pensez gros, ne vous cantonnez pas à de ridicules détails, un sabre, un bazooka, une montgolfière, je peux tout vous fournir ! déclara Lily.

Giuliana arqua un sourcil et haussa les épaules :

— Qu'est-ce qu'on va faire d'une montgolfière ?

— J'en sais rien ! Ce que vous voulez ! Jetez de

l'acide au-dessus d'un regroupement à ciel ouvert depuis la montgolfière, un peu d'imagination que Diablesse !

— Ou on balance de l'alcool à brûler et quelques allumettes, ça fera un bon brasier.

Le regard d'Oscar s'était illuminé et l'on pouvait presque voir les flammes danser dans le fond de ses pupilles. Cet homme avait une obsession avec le feu et cette dernière lui donnait sans arrêt des idées.

— Par exemple ! Bon point, Gale ! Mais ce que je voulais dire par là, c'est que vous aurez la possibilité d'obtenir tout ce dont vous aurez besoin ou envie. Avion, hélicoptère, n'importe quel moyen de transport.

Anton réfléchit une seconde, mais le seul moyen de transport qu'il voulait n'avait rien à voir avec tous ces trucs volants.

— Et mon ancien pick-up ? C'est possible ?

— Bien sûr. Tout est possible, vous allez devoir vous le mettre dans le crâne.

La reine s'avança vers la table et leva une main, ce qui l'illumina. Elle ressemblait désormais à un énorme écran où les images défilaient à vive allure. Lily en pointa du doigt une qui prit toute la place sur la télévision improvisée. Une bâtisse imposante se dévoila à eux, composée de pierres blanches, elle transpirait le luxe par toutes les fenêtres qui ornait sa devanture. Aucun des tueurs présents n'avait jamais mis les pieds dans un tel endroit.

Ils regardèrent avec attention les lieux et écoutèrent sans broncher la présentation de Lily.

— Cet hôtel particulier se trouve au cœur de la ville, mais il est dissimulé en partie par de la végétation et personne ne pourra s'y rendre. En temps normal, les gens peuvent louer une chambre, mais pas là. Vous aurez à votre disposition des majordomes qui s'occuperont de vous faire à manger, etc.

— On pourra les tuer aussi ? demanda Rose.

Ses yeux s'étaient illuminés soudainement, ils brillaient de toute la folle envie qu'elle avait de prendre une vie. Plusieurs vies.

— Si vous avez envie de vous retrouver à tout faire par vous-mêmes, allez-y, mais je n'en renverrai pas d'autres ! Piochez plutôt parmi les humains sous votre nez, vous en aurez à revendre dans ce quartier. Ceux que je mets à votre disposition ont subi un lavage de cerveau en bonne et due forme, en gros ils vous obéiront au doigt et à l'œil sans broncher. Même si vous tuez devant eux.

La proposition de Lily devenait de plus en plus alléchante et intéressante. Loger dans un endroit de ce genre avec du personnel à disposition et toutes les armes possibles et imaginables pour mettre à feu et à sang Paris, c'est un rêve !

Sauf pour Caleb, qui commençait à s'agiter, peu sûr de vouloir s'embarquer là-dedans sans tenter de poser ses conditions.

— On ne doit pas toucher aux femmes.

Anton, Rose, Albert et Giuliana se retournèrent vers le jeune homme au corps fin. Il baissa la tête.

— Et pourquoi pas ? On fait dans la discrimination, maintenant ?

Rose n'appréciait pas la réflexion de Caleb, elle avait l'impression qu'il tentait de se défiler de la mission qui leur était donnée. Non, de la chance qui leur était offerte !

Gale posa une main sur l'épaule de Caleb, qui s'était

totalement renfermé sur lui-même, n'ayant pas l'habitude d'être au cœur de l'attention.

— Caleb est un défendeur des droits des femmes. Il a tué de nombreux violeurs...

— Ah, mais ça n'empêche qu'on peut en tuer quand même, je vois pas le rapport...

— Non, vous ne comprenez pas. Il ne supporte vraiment pas que l'on touche au sexe faible.

Giuliana piqua un fard et hurla :

— Le sexe faible ?! Tu te prends pour qui, le chauve ?! Tu veux que je te montre, moi, si je suis faible ?!

En deux enjambées, l'Italienne se trouva devant Oscar et enserra sa gorge avec force. Le pyromane se saisit de son avant-bras pour la faire lâcher prise, mais n'en fut pas capable. Eh oui, le sexe faible ne l'était pas tant que ça, en fin de compte.

— Tu crois que t'es le plus fort parce que t'as une paire de couilles et une bite dans ton futal ?!

— Lâche-moi... putain !

Sa voix était altérée par la pression qu'exerçait Giuliana sur sa trachée et Gale se sentit légèrement mal, sa tête commençait à tourner.

— Giuliana, s'il te plaît, lâche-le. Vous êtes dans la même équipe ! hurla la reine.

— OK, mais d'abord il doit présenter des excuses.

— Tu peux crever, pourriture !

— T'arrives trop tard, le gros ! Je suis déjà morte depuis un bail !

Énervée par la réaction du pyromane, la cannibale resserra ses doigts autour de sa gorge et sourit à le voir suffoquer ainsi.

— Oscar ! Excuse-toi et qu'on en finisse nom d'un

Dragon ! souffla Lily, exaspérée.

— Pa... Paa... Par...

L'amoureuse des bêtes relâcha un peu son emprise et tendit l'oreille.

— Pardon, putain !

— Ce n'est pas parfait, mais on va dire que ça suffira pour l'instant.

Giuliana retira complètement sa main et recula pour s'installer de nouveau à sa place, autour de la table. À genoux sur le sol, Oscar reprit son souffle douloureusement en se demandant pourquoi, même après la mort, il ressentait la douleur. Il était décédé, ne devait-il pas rien ressentir ? Oui, mais en fait, qui savait vraiment ce qui se trouvait de l'autre côté ? Quel était leur état actuel ?

Caleb était resté tétanisé face à cette scène surréaliste pour lui et il observait désormais Giuliana avec un œil différent. Elle était loin d'être faible ! Elle avait maîtrisé cette armoire à glace de Gale sans même se fatiguer ! Nul n'aurait pu faire de mal à une femme dans son genre et Caleb n'aurait certainement pas eu à la protéger de qui que ce soit. L'inverse en revanche aurait pu se produire.

L'Italienne folle de gastronomie plongea ses yeux dans ceux de l'étrangleur anglais et lui expliqua donc :

— Caleb, mon petit, je ne connais rien sur toi, je n'ai aucune idée de l'époque à laquelle tu vivais ni de ce qui t'a forgé, mais sache bien une chose : nous sommes très loin d'être le sexe faible. Les femmes possèdent une force que tu es loin d'imaginer. Et, je ne crois pas me tromper si je dis que Rose et moi faisons partie de celles qui savent l'utiliser.

La Blood Queen acquiesça d'un signe de tête, ses

bras croisés sur la poitrine.

— Alors que tu ne veuilles pas en tuer, je vais te dire, je m'en fous ! Mais n'essaye même pas de nous en empêcher car tu te frotteras à deux femmes aussi solides que les hommes dans cette pièce, rajouté Giuliana.

Avec dédain, elle jeta un coup d'œil en direction de Gale, qui était en train de se redresser.

— Voire plus fortes.

Caleb avait envie de hurler sur Giuliana, de lui dire que ce qu'elle faisait était mal et que rien ni personne ne pourrait le forcer à blesser ou tuer la moindre demoiselle. Mais il ne trouva pas la force de s'opposer à elle. Et puis, il était absolument exclu qu'il lève le ton sur une femme. Quoi qu'en pense ladite femme.

— C'est bon, on peut continuer ?

Lily, les poings sur les hanches, commençait à s'impatienter. Elle avait tellement hâte que les tueurs commencent à faire ce pour quoi ils étaient là qu'elle ne trouvait même pas ces petites disputes amusantes. Pourtant, en temps normal, elle adorait semer la discorde.

— Non pas que je n'apprécie pas le spectacle, mais je vous ai fait venir ici pour une raison. Vous vous disputerez sur vos goûts en matière de tuerie plus tard.

Et la reine savait d'avance que des disputes, il y en aurait. Les caractères de ses tueurs étaient très différents, leurs goûts et leurs motivations pourraient également les pousser à se déchirer. Surtout quand tous prendraient conscience de l'œuvre qu'avait accomplie Albert. Cet homme était un visionnaire, du point de vue de Lily, ce qu'il avait fait à tous ces enfants... elle en rêvait la nuit ! Enfin, s'il y avait eu une nuit pendant laquelle elle aurait dormi. Bon en fait, elle se contentait de s'extasier en repassant des images de ses crimes les plus atroces et des lettres qu'il avait envoyées aux familles. Un génie !

Pas sûr que Caleb apprécie les viols qu'il avait commis. Pas sûr qu'Anton approuve son choix de tuer des enfants. Pas sûr que Giuliana, qui partageait pourtant ses goûts culinaires, soit d'accord avec sa façon de procéder. La viande, ça se cuisine, nom d'un diable !

CHAPITRE TROIS

Autour de la table, le silence était total. Lily avait fini de donner ses indications et attendait que les tueurs terminent leurs listes. Rose n'arrêtait plus d'écrire, elle avait des demandes très précises contrairement aux hommes, qui ne demandaient que des choses assez classiques. Giuliana quant à elle voulait une boucherie aménagée, ce qui était très facile à installer avec la magie démoniaque de la reine. Elle se fichait carrément de ce qu'allaient penser les autres de ses goûts en matière de repas, elle comptait d'ailleurs leur faire découvrir cette viande, certaine qu'ils ne l'avaient jamais goûtée.

Finalement, les demandes furent dressées et la reine les récupéra avant d'y jeter un œil.

— Caleb, une ceinture en cuir, c'est tout ?

— Oui, pourquoi ? C'est amplement suffisant pour moi...

Anton pouffa de rire. À voir le gabarit de l'étrangleur, il doutait sérieusement de sa capacité à venir à bout d'une vie avec uniquement une ceinture. Qu'elle soit en cuir ou pas d'ailleurs ne changerait rien. Caleb était petit, fin et était taillé comme un trombone cassé. Anton voyait bien que ses vêtements le tenaient plus qu'il ne les tenait lui-même.

— Qu'est-ce qui te fait rire, toi ? s'emporta Caleb.

— Oh rien !

— Si, vas-y, va au bout de ta pensée !

L'audace de Caleb le surprit lui-même, mais la moquerie du géant barbu ne lui avait pas du tout plu et il s'était senti rabaissé par un homme qui avait tout du clodo alcoolisé. Il détestait ça.

— J'sais pas si t'es au courant, mais pour buter un gars avec une ceinture, il faut beaucoup de force. Et il faut serrer longtemps, parce qu'il...

— Il tombe d'abord dans les pommes, oui je sais. Tu te prends pour qui concrètement, là ? Mon professeur de tuerie ?

Les deux hommes firent quelques pas pour se retrouver face à face, à quelques centimètres seulement l'un de l'autre. Évidemment, Caleb devait relever la tête pour faire face à Anton, qui mesurait plus de deux mètres. Le silence régnait et tous observaient avec attention la scène qui se déroulait sous leurs yeux. Le sourire qui étirait les lèvres d'Albert reflétait toute la perversion en lui, il aurait adoré que le sang gicle ! C'était déjà tendu dans son pantalon, cet homme trouvait décidément de l'excitation dans n'importe quelle situation.

Anton, mâchoire serrée, fixait Caleb avec une grande attention, prêt à démarrer à la moindre réflexion déplacée.

— Un gringalet comme toi, tu vas pas me faire croire que t'as jamais utilisé autre chose pour tuer !

— Tu veux que je te montre de quoi je suis capable, peut-être ?

Le Blood King fit le dernier pas qui le séparait de l'étrangleur anglais, plaquant son torse sur le visage du jeune Caleb.

— Vas-y !

Hayes s'apprêta à sauter sur le géant, peu importe sa taille, mais il fut stoppé dans son élan par la reine qui, bien qu'elle eut trouvé cet échange divertissant, décida de mettre un terme à la petite bagarre.

— Gardez ça pour vos victimes. Vous aurez tout le temps de prouver votre force et votre savoir-faire.

Sa voix avait claqué dans l'air, elle avait arrêté Caleb, Anton, mais aussi Rose et Oscar, qui s'apprêtaient à se jeter l'un sur l'autre pour défendre les leurs.

Giuliana haussa les épaules et secoua la tête, ces petites scènes lui prouvaient qu'une cohabitation avec des humains n'allait vraiment pas être de tout repos. À la différence des animaux, les humains trouvaient toujours un sujet de discorde à explorer et n'étaient jamais capables de s'entendre correctement. Elle les haïssait du plus profond de son être.

La tension collective redescendit quand Lily fit entrer Bloody, Maze et Everdeath, trois de ses démones. Les trois femmes, sexy au possible malgré leur peau rouge sang et les marques sur leur corps, entrèrent d'un pas déterminé et se postèrent à la droite de la reine. Lily sourit en les voyant, elle était heureuse de les avoir auprès d'elle, ainsi que toutes les démones qui travaillaient à son service ici-bas.

— Nous allons pouvoir partir, vous êtes prêts ? demanda la reine.

Les tueurs hochèrent la tête, Caleb et Anton finirent enfin par décrocher leurs regards l'un de l'autre, même si une certaine tension demeurait encore.

— Bloody, Maze et Everdeath vont vous accompagner dans l'hôtel. Vous prendrez possession des lieux et découvrirez vite l'équipement qui vous attend. On vous transmettra des talismans, vous pouvez les utiliser pour me contacter, mais ne le faites qu'en cas d'urgence absolue. Je n'ai pas que ça à foutre de vous assister. Vu ?

— Quel genre d'urgence ?

— Du genre urgent, Rose ! Si l'un de vous est arrêté, faites-le sortir, si l'un de vous est tué en revanche... Ah ben, non !

Lily éclata de rire, sans qu'aucun des tueurs ne comprenne pourquoi. Non, mais qu'y avait-il de drôle dans le fait d'imaginer qu'ils pouvaient mourir ?! Ils allaient regoûter à la liberté, à la vie, ils ne tenaient aucunement à la perdre...

Rapidement, les trois démones pouffèrent de rire et accompagnèrent leur reine. Rose fit craquer ses phalanges, agacée par le comportement étrange et irrespectueux de Lily.

— Y'a quoi de marrant ?! Si on crève, il nous arrive quoi ?!

Difficilement, Lily reprit son sérieux et expliqua :

— Ce qui est marrant, c'est qu'en fait vous ne pouvez pas mourir. Vous êtes déjà morts. Je vous renvoie sur terre en l'état, je ne vous ressuscite pas.

— Ce qui veut dire... qu'on est invincibles ?

— Précisément, Gale ! Aucun de vous ne peut mourir que ce soit sous les balles, une arme blanche, du feu...

Lily fit un clin d'œil appuyé à Oscar qui eut un petit sourire rien qu'en pensant à cet élément destructeur qu'il aimait tant et qui avait mis fin à sa vie trente-huit ans plus tôt.

— Rien ne peut vous tuer. Vous êtes le gang rêvé pour foutre le bordel sur le globe !

Les tueurs échangèrent rapidement un regard, amusés et rassurés par la suprématie qui leur était offerte grâce à leur statut de mort. Jamais ils n'auraient pu imaginer une telle chose, même dans leurs rêves les plus fous.

Alors, la petite troupe se mit en cercle en répondant à la demande des démones. Ces dernières se placèrent au centre et se prirent la main en prononçant des mots incompréhensibles. Un nuage noir commença à les envelopper, une odeur de soufre s'infiltra dans leurs narines avec force et avant qu'ils ne quittent la salle du trône, ils entendirent une dernière phrase provenant de la reine.

— Rendez-moi fière ! Tuez-les tous !

Tout devint très sombre et en un clignement de paupières, ils se retrouvèrent dans une petite ruelle, sous les rayons du soleil. Le vrai soleil, celui qui éclaire la terre.

Les six tueurs durent fermer les yeux et les plisser pour s'habituer à la luminosité, elle était bien plus forte qu'en dessous et ils eurent du mal à distinguer les lieux. Pendant quelques secondes, ils s'évertuèrent à recouvrer la vue.

Quand ce fut chose faite, ils furent subjugués par la beauté des lieux et la douceur de l'air qui caressait leur peau. Rose inspira longuement, humant l'odeur fleurie qui se dégageait des plantes environnantes. Anton posa sa main sur l'épaule de sa reine et fut heureux d'être de retour sur terre, même s'il ne le montra pas totalement. Caleb et Oscar échangèrent un regard et le pyromane fit un sourire à son jeune ami. Giuliana, qui se trouvait non loin de Fish, fut heureuse de voir autant de végétation. Elle n'imaginait pas Paris ainsi.

Pour elle, la capitale de la France n'était qu'une ville polluée et où la nature était complètement inexistante. Elle était heureuse de s'être trompée et d'avoir atterri dans un endroit où ce n'était pas le cas.

— Bon, vous allez nous suivre ou vous comptez camper là ?

Maze s'impatientait, elle était sèche et tranchante et aurait préféré rester en Enfer où la torture qu'elle faisait subir lui provoquait bien plus de frissons. Devenir la baby-sitter de *serial killers*, très peu pour elle !

Les tueurs suivirent leurs guides et pénétrèrent dans une cour par un portail en métal noir. Et quelle cour ! Un chemin pavé de pierres menait tout droit à cinq marches en marbre qui débouchaient sur une porte. Tout autour se trouvaient de nombreuses tables et chaises en fer forgé blanc, des arbres, arbustes et fleurs foisonnant un peu partout. La façade blanche était composée de pierres taillées et le style plut beaucoup à Giuliana, même si cette dernière n'avait jamais trop apprécié le luxe dans lequel se complaisait l'être humain.

Sans prendre le temps de s'arrêter, ils entrèrent tous d'un pas décidé dans l'hôtel qui allait devenir leur demeure.

L'entrée était luxueuse, trop de faste au goût des *serial killers*, mais ils sauraient s'en contenter. Trois personnes se tenaient devant le bar lumineux et attendaient sagement les ordres. Leurs regards étaient vides, perdus dans un univers hors d'atteinte.

— Voici vos domestiques, ils effectueront toutes les tâches que vous leur ordonnerez, ils sont sous contrôle total et ne poseront jamais aucune question, expliqua Bloody en se postant à côté d'eux.

Everdeath, qui adorait l'asservissement des humains, se mordit la lèvre et approcha de la seule femme.

— Vous pouvez tout leur faire faire, ils n'ont plus

aucune conscience.

Anton trouva ça amusant, mais Caleb serra les dents et les poings quand la démone fit avancer la jeune femme.

— Esclave ! Va me chercher une bouteille de rhum !

Sans dire un mot, la domestique s'éloigna et rejoignit l'arrière du bar où elle prit une bouteille. Elle revint en quelques secondes, en tendant le rhum à sa maîtresse.

Caleb bouillonnait intérieurement. Ça ne lui plaisait pas du tout cette façon de se servir d'une femme, il avait envie de frapper cette démone. Mais il ne fit rien et se contenta juste de détourner les yeux tandis qu'Everdeath demanda à la servante de lui verser du rhum dans la bouche.

Maze mit fin au spectacle en ordonnant à la domestique de se remettre à sa place.

— Everdeath, on n'est pas là pour picoler ! On a une mission, je te rappelle !

— Oh, ça va ! Si on peut plus s'marrer un peu !

La démone à la peau rouge s'essuya les lèvres d'un revers de manche et laissa Bloody et Maze poursuivre.

— Tout l'équipement que vous avez demandé se trouve dans la salle à manger, juste ici.

Bloody fit quelques pas sur la gauche et tout le monde suivit sans broncher, pour découvrir un tas d'objets, de caisses et de valises de toutes tailles.

— À l'étage, vous trouverez les chambres, nous vous laissons le soin d'investir celles que vous voulez, mais évitez de vous chamailler comme des gosses. Soyez professionnels.

Maze prit le relai, son regard glacial passant sur les

tueurs avec lenteur.

— Vous n'êtes pas là pour profiter du paysage et du soleil, mettez-vous vite au travail et ne perdez pas de vue votre objectif. La reine n'acceptera aucun échec et nous non plus.

D'un claquement de doigts, la démone fit apparaître les fameux artefacts destinés à contacter Lily.

— Une goutte de sang sur le talisman et la reine, ou l'une de nous, apparaîtra. Réfléchissez à deux fois avant de nous invoquer, nous n'avons pas que ça à faire.

Tous les tueurs hochèrent la tête, certains plus impatients que d'autres de se mettre au travail, et enfin les démones s'éclipsèrent, laissant les six de l'enfer entre eux pour la première fois.

Le silence flotta pendant quelques minutes, personne ne fit un geste. L'ambiance était tendue, les caractères et les différences n'étant pas évidents à accorder. Puis, Albert Fish se dirigea vers une valise où son nom était écrit et la prit en main.

— Écoutez les mouches voler si ça vous chante, moi je compte bien trouver ma chambre.

Fish se retourna et prit la direction des escaliers sans attendre de réponse de la part de ses nouveaux camarades de jeu. Il n'avait pas joui de liberté depuis longtemps et comptait bien se mettre au travail le plus vite possible. Tuer, violer et démembrer lui manquait terriblement !

Ces derniers finirent tout de même par bouger et commencèrent à s'activer pour ranger leurs affaires dans leurs chambres respectives.

Enfin, le massacre allait pouvoir commencer !

CHAPITRE QUATRE

Chaque tueur avait trouvé sa chambre et se l'était approprié. Giuliana avait choisi une pièce à la décoration plutôt simple et classique, sans trop de faste. Les murs représentaient des arbres fleuris, une tapisserie qui aurait fait frémir les plus sombres démons de l'enfer, mais qui rappelait à l'Italienne son refuge chéri. Le sol gris était aussi doux que le pelage d'un animal et la tueuse s'empressa de retirer ses chaussures pour en apprécier la caresse.

Sur sa gauche se trouvait un lit blanc, classique sans fioritures, à sa droite trônait un bureau de la même teinte et en face d'elle, une fenêtre ainsi qu'une télé accrochée dans l'angle. La pièce était assez petite, bien plus que les autres de l'établissement, et convenait parfaitement à Giuliana. De toute façon, elle ne pensait pas passer tout son temps ici, la cuisine se trouvait au rez-de-chaussée et elle avait hâte de l'investir !

Un domestique la fit sortir de ses pensées en la dépassant, ses valises en main. Il les posa sur le sol et se redressa, attendant la suite des ordres.

— Range les vêtements dans les placards. Laisse les couteaux sur le meuble.

D'un geste de la main, elle désigna le petit buffet qui se trouvait à l'entrée de la chambre, puis elle s'avança dans la pièce, vers la porte qui se trouvait à gauche du lit.

La salle de bain était luxueuse, même si la couleur des murs était immonde. Ce vert ne s'adaptait pas du tout au blanc et crème du mobilier. Sans mentionner les robinets argentés venus d'un autre temps. Cet endroit mêlait deux styles d'architecture différents et Giuliana trouvait ça vraiment moche. Elle fit une moue de dégoût, même si elle se fichait complètement de la décoration. Ce qui importait, c'était l'immense baignoire aux jets massants et la douche tout aussi confortable. Elle allait profiter de ce semblant de vie retrouvée pour prendre du bon temps, tout en tuant pour le compte de Lily.

De son côté, Caleb ne trouvait aucune chambre qui lui plaisait. En réalité, le problème c'était qu'il ne voulait pas être seul. Il rejoignit donc Oscar, qui lui avait jeté son dévolu sur une chambre aux murs blancs et à la décoration sombre. Penaud, il s'avança et se racla la gorge pour attirer l'attention de son ami.

— Caleb ! Tu as trouvé ta chambre ?

Oscar offrit une étreinte virile à son ami, puis recula pour lui laisser l'air dont il avait sûrement besoin.

— Non, à vrai dire... je n'ai pas très envie de dormir seul.

— Viens, le lit est assez grand pour nous deux ! Et puis ça nous changera de la prison !

Caleb fit un sourire, puis s'avança dans la pièce. Gale avait raison, c'était très différent de la *Walton Gaol* !

Le lit se trouvait sur le mur du fond, en face des deux hommes, et il était vraiment très large. Ils auraient même pu dormir à quatre dedans et avoir toujours assez de place pour se retourner sans se toucher ! Devant, il y avait une sorte de banc moelleux où étaient posés plusieurs oreillers.

Mais avant ça, dans la pièce, se trouvait un canapé sur la gauche et une télévision sur la droite. Caleb compris que c'en était une en voyant les images et le son qui en sortaient, il fut impressionné par sa taille.

— Mais... c'est vraiment une télé ?

— Ouais, je l'ai allumée avec ça.

Gale montra un petit boîtier noir recouvert de boutons.

— Elle est plate ! Comment ça se fait ?

— Je n'en sais rien, mais comme nous a dit la reine, beaucoup de choses ont changé depuis notre époque.

Caleb acquiesça en hochant la tête, puis il posa sa valise au pied du lit et se dirigea vers la pièce située à gauche. Les murs qui séparaient la chambre de la salle de bain étaient entièrement vitrés, heureusement que les deux comparses avaient vécu en prison et n'avaient plus aucune pudeur, sinon, ils auraient vite fait de décamper devant le manque d'intimité.

La baignoire plut beaucoup à Caleb qui eut envie de faire couler l'eau sans tarder et de s'immerger dedans. Il n'avait jamais pris de bain de sa vie, seules les douches glacées de la prison lui restaient en mémoire. Il fit glisser ses doigts sur les carreaux noirs qui ornaient les murs ainsi que la baignoire en question, puis il pivota vers les vasques.

Ces dernières étaient encastrées dans un meuble sombre et surplombées par quatre miroirs collés les uns aux autres. Le reflet de l'étrangleur lui apparut et il fut surpris par son apparence. Il n'avait pas changé d'un poil.

Son visage fin et anguleux était toujours le même, ses cheveux noirs ramenés en arrière n'avaient pas poussé et ses yeux bleus perçants renvoyaient toujours autant de peine. Il s'avança jusqu'à toucher le meuble avec son bassin et s'observa avec attention.

— Ça fait bizarre, hein ? lui demanda Gale.

— De quoi tu parles ?

— De voir que l'on a pas changé depuis notre mort.

— Oui, mais toi... tu as vieilli.

Gale laissa échapper un petit rire et posa ses fesses sur le rebord de la baignoire.

— Je ne suis pas mort la même année que toi, Caleb.

— Ah bon ? Mais tu devais être exécuté aussi...

— Oui, mais grâce à toi et à Perry, j'ai retrouvé ma liberté.

Caleb se figea, il sentit une boule d'émotion grossir dans sa gorge et il retint les larmes qui lui vinrent.

— Alors... ça a marché ? Il a compris ?

Gale aussi était ému, d'autant plus quand il comprit que Caleb avait tout organisé dans l'espoir de sauver son ami.

— Tu avais tout prévu, hein ?

— J'espérais que ça fonctionnerait... Rien n'était sûr...

Lentement, Caleb se décala et prit place sur l'autre extrémité de la baignoire. Il joignit ses mains et commença à jouer avec pour dissimuler son trouble. Gale attendit patiemment que son ami trouve le courage de lui expliquer. Ce qui ne tarda pas.

— J'avais repéré Perry parmi tous les autres gardiens. Il était différent, quelque chose dans sa manière de parler et de se comporter le rendait plus humain que les autres. Il ne nous a jamais jeté de nourriture dessus, il ne nous a jamais parlé mal ou insultés gratuitement. Il ne nous a jamais frappés. Il s'occupait de nous tous avec respect. Quand la date de mon exécution est tombée, j'ai demandé à un des gardiens qui serait présent. Perry n'était pas supposé l'être.

Caleb prit une profonde inspiration, repenser à tous ces évènements le secouait beaucoup, il avait du mal à garder le contrôle.

— J'ai demandé si Perry pouvait venir, j'ai prétexté vouloir lui parler. J'ai pris quelques coups de botte dans les côtes, mais Jackson a fini par en avoir marre de mon insistance et il a échangé sa place aux premières loges avec Perry.

— C'était donc pas un hasard que ce soit lui...

— Non, j'avais beaucoup d'espoir, j'étais persuadé qu'il saurait écouter, tout comme je savais que tu le choisirais.

Gale sourit, même si ses yeux commençaient à piquer sous la force de ses émotions. Il ne s'était pas trompé, Caleb avait bel et bien organisé tout ça et d'une main de maitre qui plus est !

— Il t'a fait sortir, alors ? demanda Caleb qui ignorait tout de la fin de l'histoire.

— Oui, moi et un autre type, Evans.

Caleb fit un grand sourire et demanda à son ami de lui narrer cette histoire, ce qu'évidemment il fit avec plaisir. Cette partie de leur passé commun était un beau souvenir, rempli d'un espoir insoupçonné.

Puis, Gale expliqua ce qu'il avait entendu à propos de Perry et comment l'homme avait changé le système punitif de la prison et aidé énormément de criminels.

— Et toi ? Qu'as-tu fait ?

— J'ai trouvé une ferme en France, je me suis mis à travailler la terre et je crois que, finalement, j'étais heureux.

— Comment es-tu mort, alors ?

— Un soir, j'ai picolé comme un trou. J'avais réussi à fabriquer une gnôle délicieuse et j'en ai abusé. Installé dans mon salon, j'ai commencé à jouer avec des allumettes et j'en ai fait tomber une sur le parquet. Le temps que je réalise, le bois a commencé à brûler. Je suis resté immobile, fasciné par les flammes qui dansaient devant mes yeux. J'ai perdu connaissance à un moment et j'ai dû brûler parce que je me suis réveillé dans la chambre sombre en Enfer.

— T'as toujours adoré le feu...

— Je suis assez content qu'il m'ait emporté finalement, c'est un beau symbole.

Les deux hommes conversèrent ainsi pendant un long moment, heureux de se retrouver et de pouvoir discuter de nouveau tels les deux amis qu'ils étaient. Assis sur le rebord de l'immense baignoire, ils savouraient la chance qu'ils avaient de se retrouver et finirent même par discuter de cette mission qui leur avait été donnée.

De leur côté, Anton et Rose avaient jeté leur dévolu sur une immense suite située sous les toits, au dernier niveau du bâtiment. La pièce était tout simplement gigantesque ! Un escalier en colimaçon menait au milieu de la chambre où se trouvaient un lit démesuré, des fauteuils en velours, une baignoire sur pied, une cheminée et même un bar ! Anton se précipita dessus pour vérifier que l'alcool s'y trouvait bien.

— Oh, putain ! Regarde, Rose ! Y'a plein de bouteilles !

Rose, qui ne partageait pas le même amour pour l'alcool que son homme, ne s'émoustilla pas forcément sur le bar, mais plutôt sur la baignoire qui trônait en plein milieu de la chambre. Elle songeait déjà aux longs bains qu'elles prendraient ici, après une splendide journée de tuerie.

Rêveuse, elle se surprit à sourire à cette idée et les bras d'Anton se refermèrent autour de son corps. La bouche de son *king* se posa sur sa tempe, sa voix lui arracha un frisson incontrôlable.

— On va régner à nouveau, ma reine.

— Tu n'imagines pas combien j'ai hâte...

Rose se tourna vers Anton et enroula ses bras autour de lui, plaquant son oreille contre son torse puissant. Elle se délecta des battements de son cœur qui retentissaient malgré leur mort à tous les deux.

Un sursaut la saisit lorsqu'elle repensa à ce terrible jour... Elle avait lutté longtemps, ils avaient fui et s'étaient amusés à semer la terreur, mais ce connard de Pearson les avait retrouvés. Ce salopard avait mis fin à leur règne et la mort avait été la seule issue favorable. Malgré les onze années qui s'étaient écoulées, Rose n'était pas encore remise de tout ça...

Il faut dire qu'en Enfer, le temps ne s'écoule pas de la même manière et pour Rose, ça semblait s'être produit la veille.

— Qu'est-ce que tu as, Rose ?

— Je repense à Pearson... c'est à cause de lui qu'on est morts.

— Ouais. On devrait essayer de le retrouver et de le faire payer.

— Tu crois qu'il est encore en vie ?

— Ouais, sûrement. On n'était pas dans les parages pour le buter.

— On devrait essayer de le retrouver.

— Et ma connasse de sœur aussi. C'est elle qui nous a vendu, cette salope.

— On les retrouve et on les tue ?

Anton sourit, Rose aussi, et la seule réponse qu'apporta le roi à sa reine fut un baiser langoureux qui se termina par une folle séance de sexe. Les deux amoureux firent trembler les murs de leur suite, sans se soucier d'Albert, qui les épiait depuis l'escalier tout en se masturbant.

La cohabitation allait être difficile avec un homme tel que lui, il allait causer d'énormes problèmes à tout le monde et cela commençait par ses pulsions sexuelles qu'il était incapable de réfréner.

Nul n'allait accepter longtemps de voir le vieux moustachu utiliser des enfants... Allaient-ils seulement l'accepter une seule fois ? Rien n'était sûr...

Après tout, ils n'avaient pas encore pris le temps d'apprendre à se connaître et tous avaient des caractères et des attentes bien différentes les uns des autres.

Oui, la cohabitation et l'entente s'annonçaient difficiles.

CHAPITRE CINQ

Tout le monde s'était réuni au rez-de-chaussée où les domestiques attendaient les ordres. Les idées fusaient dans leurs têtes de tueurs impitoyables, mais aucun n'osait se prononcer pour le moment. Ils avaient eu l'habitude d'agir seuls – excepté Rose et Anton –, et ne se faisaient donc pas vraiment confiance.

Albert Fish commençait à s'impatienter. Il faisait rouler la canne qu'il tenait entre ses doigts et arpentait la pièce un air énigmatique sur le visage. Ce fut lui qui brisa le silence en premier.

– Alors, où allons-nous commencer ? Avez-vous réfléchi à un lieu où nous pourrions frapper en premier ?

Rose se pinça les lèvres tout en serrant la main d'Anton. Elle savait qui était Albert Fish, elle avait eu le temps de taper sur nom sur Google et ce qu'elle avait trouvé l'avait répugnée. Oui, malgré toutes les atrocités qu'elle avait elle-même commises, cet homme l'avait écœurée. Plus encore, elle savait qu'Anton était à deux doigts de lui sauter à la gorge et après avoir fouillé dans le passé de ses camarades, elle avait aussi compris que tous les autres aussi s'offusqueraient. Sauf peut-être Giuliana, qui semblait partager quelques points communs avec l'élégant *Gray Man*.

– Et si on commençait par parler de nous, hein ?

La requête d'Anton n'était pas anodine. En plus de vouloir en apprendre plus sur ses compères, il voulait aussi qu'eux-mêmes en apprennent plus sur cet homme odieux. À son sens.

— Excellente idée, Monsieur *Medvev* ! Je vous laisse l'honneur de commencer !

Fish fit un geste du bras pour inviter Anton à se placer debout devant tout le monde, à la droite de l'endroit où il se trouvait. Mais l'homme à la moustache venait de commettre une grossière erreur, il avait écorché le nom de famille du Blood King et ce dernier n'était pas en mesure de laisser passer cela. Il ne l'avait jamais fait, d'ailleurs.

Il se leva d'un geste brusque, Rose se tapa le front du plat de la main et savait ce qui allait advenir du petit homme.

Anton l'empoigna par le col et le souleva de terre comme s'il n'était qu'un vulgaire paquet de chips. Il rugit entre ses dents serrées :

— C'est Medvedev, connard ! C'est pourtant pas difficile !

Sans se défaire de son attitude aristocratique, Albert s'excusa, non sans peine puisque sa cravate l'étranglait.

— Pardonnez-moi, Monsieur Medvedev. Je n'ai pas l'habitude des noms... étrangers.

— Anton, repose-le. Garde tes forces pour autre chose, lui souffla Rose.

Anton grogna, à la manière de l'ours auquel on le comparait souvent. Il reposa le cannibale sur le sol et lui lança un dernier regard d'avertissement avant de reprendre place sur le fauteuil en face de sa reine.

Caleb, Oscar et Giuliana observaient la scène en silence, sans oser interrompre leur petite querelle. Néanmoins, la cannibale commençait à s'impatienter et en avait marre de ces tensions. Elles lui rappelaient constamment la connerie humaine qu'elle détestait profondément.

— Et si Albert commençait ? proposa-t-elle.

— Très bien, je vais me présenter ! Je suis Albert Fish, je suis né en 1870 à *Washington* et j'ai accompli de belles choses de mon vivant. J'ai kidnappé, tué, violé et mangé des enfants dans les années vingt et trente. J'ai passé un...

Caleb, Oscar et Anton se levèrent à l'unisson, horrifié par les mots de Fish. L'étrangleur fut le premier à prendre la parole, le poing serré et le visage vrillé par la colère :

— Vous avez violé des gosses ?! Vous vous foutez de nous, là ?!

Avec un sourire de satisfaction, Albert Fish répondit à l'affirmative, apparemment très fier de lui. Caleb fut aveuglé par la colère, il se rua sur l'homme à la moustache grisonnante, ce qui le fit tomber sur la moquette. Il lui asséna un violent coup de poing en pleine mâchoire tandis que son ami Gale tenta de l'en empêcher.

— Arrête, Caleb ! Lâche-le !

Anton et Gale ne furent pas trop de deux pour retirer l'étrangleur du pervers. Hayes avait les larmes aux yeux, des larmes de rage. Fish était au garde à vous tel un militaire, cette droite l'avait fait bander ! En souriant, il se redressa, mais fut interrompu par le pied d'Anton qui s'abaissa violemment contre son visage. Albert Fish perdit connaissance.

Rose se leva et décida qu'il était temps pour elle d'intervenir. Même s'ils ne pouvaient pas mourir, comme l'avait expliqué Lily, ils pouvaient tout de même empêcher Fish de faire partie de cette équipe.

— Je ne sais pas pour vous, mais moi un mec qui s'enfonce des aiguilles dans le cul, ça me botte pas. Il a de sérieux problèmes psychiatriques et il est beaucoup trop instable.

Giuliana plissa les yeux et croisa les bras sur sa poitrine.

— Comment tu sais tout ça ?

— J'ai effectué quelques recherches.

— Sur nous aussi, j'imagine ?

— Oui. Je sais que tu as été surnommée la Cannibale de Pescara, après ta mort tes carnets de recettes ont été perquisitionnés par la police et ont horrifié les Italiens et les Européens. La découverte de ton antre des horreurs a permis de mettre la main sur des personnes disparues pendant les dix années précédentes. Tu as vraiment assuré !

Giuliana perdit son sourire, elle se rendit compte que finalement, tous ses secrets avaient été révélés au public. Cela ne lui plut pas du tout.

— Tu as trouvé ce que sont devenus mes animaux ?

— Oui, ils ont été transférés dans plusieurs refuges.

Giuliana eut un pincement au cœur, une larme se nicha dans le coin de son œil et plutôt que de laisser éclater sa peine devant les autres, elle préféra s'éclipser. Oscar fut curieux de savoir ce que Rose avait trouvé sur lui, la réponse le fit sourire.

— Tu as tué ta famille dans un incendie, tu as mis le feu à plusieurs maisons en ne laissant aucune chance aux habitants. Tu as été arrêté et condamné à mort à la suite d'une ridicule erreur. Tu t'es finalement échappé d'une prison de haute sécurité avec un autre détenu du nom d'Evans, personne n'a jamais compris comme cela avait été possible. Vous avez assommé un gardien et vous êtes fait la belle sans que personne ne vous choppe. Pour ça, respect !

Oscar échangea un regard entendu avec Caleb et donna sa version des faits :

— En réalité, le gardien nous a aidés. Je lui ai raconté l'histoire de Caleb et il a compris que nous n'étions que les victimes d'un système carcéral bancal. Il nous a fait sortir et on s'est évanouis dans la nature.

Anton ouvrit de grands yeux, choqué d'entendre qu'un gardien avait pu agir ainsi. Pour lui, les matons n'étaient que des outils de justice, des instruments destinés à tuer les détenus à petit feu.

— Il a vraiment fait ça ? demanda-t-il, interloqué.

— Oui. Il a été sensible à l'histoire de Caleb.

— C'est étrange... je n'ai rien trouvé à ce propos... soupira Rose.

— Personne n'a jamais su. Il avait fait les choses bien, même si c'était sur un coup de tête.

Ainsi, Oscar narra à ses nouveaux acolytes l'histoire de Christian Perry, qui avait sauvé Evans et lui d'une mort prochaine, mais pas seulement.

En un clignement de paupières, Rose avait dégainé sa tablette et avait trouvé plus d'informations à son propos. Un homme honorable qui avait œuvré pour les criminels, pour leur réinsertion et pour l'abolition de la peine de mort. Caleb et Oscar ignoraient ce point et furent touchés d'apprendre ce qu'avait accompli le gardien au grand cœur. Il était mort vieux, au chaud dans son lit, l'âme apaisée, ce qui fit sourire les deux amis.

Caleb, curieux de connaître la version de l'histoire que Rose avait trouvée, posa la question qui lui brûlait les lèvres. La réponse ne fut pas à son goût...

— T'as été élevé par une mère seule et alcoolique, t'as vrillé et t'as tué des tonnes de mecs pour te venger d'un père absent.

Hayes bondit, les traits déformés par la rage :

— C'est complètement faux !

— Oh, calme-toi, le môme !

Anton s'interposa et empêcha Caleb de sauter sur Rose, ignorant complètement que jamais le jeune homme ne se serait permis de toucher à un seul cheveu d'une femme. Son histoire n'avait pas été dévoilée...

Caleb reprit son souffle et son calme avec l'aide de Gale et proposa à Anton et Rose de s'asseoir afin de leur livrer son histoire. Sa véritable histoire.

Avec difficulté et émotion, Caleb mit des mots sur tous les tourments de sa vie et dévoila une part de lui-même à ceux qui allaient devenir ses nouveaux amis, malgré leurs différences flagrantes. Il n'omit aucun détail, il alla au fond des choses, même si se remémorer le viol de sa mère et le sien lui fit remonter la bile dans l'œsophage.

Son cœur battait plus fort à mesure qu'il avançait dans son récit et même Rose et Anton sentaient cette émotion particulière. À leur grande surprise, ils étaient touchés par l'histoire du gosse.

— C'est pour ça que je ne supporte pas qu'on viole des femmes, ou même des enfants. Ce vieux *schnock* ne devrait pas rester avec nous, je ne le supporterai pas ! Je vais finir par trouver un moyen de le tuer, quoi qu'en dise la reine.

— Je pense que tu as raison et pour être franche, je n'ai pas envie qu'il reste avec nous. Je n'ai aucune confiance en lui, approuva Rose.

Anton et Oscar acquiescèrent et Giuliana fit son apparition dans la pièce, n'ayant pas manqué une seule miette du monologue de Caleb.

— Je suis d'accord aussi. On invoque Lily ?

Tous tombèrent d'accord, Anton se leva et utilisa une corde pour attacher le vieux Fish sur une chaise, au cas où il reprendrait connaissance.

Rose prit le talisman, un couteau et cuisine et se tailla la main pour appeler celle qui les avait réunis. Avant d'empoigner l'artefact, elle fit glisser son regard sur les tueurs qui l'entouraient.

Elle comprenait mieux leurs histoires désormais et était prête à leur accorder un peu de sa confiance, même s'il demeurait toujours quelques désaccords. Ils auraient assez de temps pour s'adapter les uns aux autres et feraient tous en sorte de le faire.

Pour Albert Fish en revanche, c'était la fin du voyage. Les tueurs ne voulaient pas d'un dépravé sexuel dans son genre, conscients que ses obsessions pourraient nuire largement à la mission qui leur avait été confiée.

Rose fut reconnaissante, elle ne pouvait pas rêver de meilleure équipe pour foutre le bordel sur terre. La main ensanglantée, elle se saisit du talisman afin d'invoquer Lily.

Après quelques secondes, un nuage noir se forma au centre de la salle à manger et la reine fit son apparition, apparemment contrariée d'avoir été dérangée.

CHAPITRE SIX

La reine fronçait les sourcils et n'était clairement pas d'humeur. Sa combinaison en cuir la moulait tellement qu'on pouvait distinguer sans peine les mouvements de sa poitrine sous l'effet de sa respiration rapide.

— J'espère que vous avez une bonne raison pour m'invoquer !

— Plus que bonne...

Anton se décala et la reine eut le loisir d'observer Fish ligoté à une chaise hors de prix.

— Qu'est-ce que vous lui avez fait ?

— On ne veut pas de lui dans l'équipe.

Le ton de Rose était sans appel, mais conservait toute fois un certain respect, celui que Lily lui avait ordonné d'avoir envers elle.

— Et pour quelle raison ? C'est un tueur hors pair, je suis sûre que vous pourrez utiliser son esprit dépravé !

Caleb s'avança et prit la parole :

— Justement, ses dépravations ne nous seront d'aucune utilité. Ce mec est un gros porc qui laisse ses pulsions sexuelles prendre le dessus. Nous n'avons pas besoin de ça.

Lily fit le tour de la chaise, se plaça derrière le moustachu et pencha la tête sur le côté en observant son équipe.

— Vous êtes sûrs ? Vous voulez le remplacer avec quelqu'un en particulier ?

Anton s'étonna :

— De quoi, c'est possible ça ?

— Je vous ai déjà dit que tout était possible. Demandez-moi qui vous voulez, *Jeffrey Dahmer, Richard Ramirez, Ted Bundy*... pour les plus connus, évidemment.

Rose intervint très rapidement, elle connaissait ces types et savait pertinemment qu'eux aussi avaient de graves problèmes liés au sexe.

— Non ! Ils sont aussi dérangés que Fish ! Ils ont chacun eu des condamnations liées à leur sexualité perverse. La nécrophilie... ça ne servira pas la cause.

Lily sonda rapidement ses tueurs et trouva désolant qu'ils ne veuillent pas de violeurs nécrophiles parmi eux. Cette particularité était très excitante aux yeux de la reine.

— Bon, c'est vous qui voyez... mais laissez-moi vous dire que c'est dommage. Ces hommes sont de grands visionnaires, je suis certaine qu'ils vous auraient été bénéfiques.

Anton croisa les bras sur son torse et se pinça les lèvres.

— En quoi leurs déviances sexuelles peuvent être bénéfiques ? Ils ont l'esprit souillé par le cul, qui nous dit qu'ils ne penseront pas d'abord à leur propre plaisir ?

— Oh, c'est fort possible qu'ils le fassent, oui. Mais le viol, la nécrophilie et toutes ces... déviances, comme tu dis, elles font trembler les humains. Pour eux, il n'y a rien de plus dégueulasse que baiser un cadavre, qu'il soit encore chaud ou déjà froid.

Lily se mit à faire le tour de la pièce et les tueurs remarquèrent la lueur qui brillait dans le fond de ses iris, était-elle attirée par ce genre de pratique ?

— Quand les gens disparaissent ou sont tués, la population a peur. Mais quand la police ou les médias annoncent qu'ils ont subi des viols post mortem, alors là... ils tremblent, ils sont dégoûtés, écœurés, ils ne connaissent rien de plus ignoble et peinent à imaginer qu'on puisse faire cela à un autre être humain. Ils se mettent alors justement à visualiser... et là... leur peur s'infiltre dans chacun de leurs pores, dans chaque cellule de leur corps, ils la sentent tellement que je peux moi-même ressentir leur panique d'en bas...

Lily s'interrompit, conscience qu'elle avait laissé son plaisir prendre le dessus. Les cinq paires d'yeux braqués sur elle lui firent comprendre qu'elle s'était laissé emporter par l'idée même de sentir de nouveau cette douce odeur de terreur.

Elle se racla la gorge et reprit place derrière Albert.

— Tout ça pour dire que c'est dommage. Mais c'est vous qui décidez après tout !

La reine posa sa main sur l'épaule de Fish, jeta un dernier coup d'œil autour d'elle et disparut dans un nuage de fumée. Elle laissa flotter sa voix dans l'air, rappelant aux tueurs qu'il fallait se mettre au boulot très vite.

— Que les cadavres pleuvent !

Rose, Anton, Caleb, Oscar et Giuliana échangèrent un regard, puis décidèrent de prendre place autour d'une table assez grande pour les accueillir.

— Bordel, elle est fêlée, non ?

Anton avait osé, mais la crainte que Lily puisse l'entendre comme elle prétendait pouvoir sentir l'odeur de la peur lui fit regretter ses mots. Une fraction de seconde seulement. Jusqu'à ce que Giuliana confirme ses dires en fait :

— Complètement ! Mais y'a un truc chez elle qui me plaît. Elle est dingue, mais elle aime la souffrance et la mort, un peu comme nous en fait.

Caleb corrigea :

— Comme vous... Moi, je ne suis pas vraiment à l'aise avec tout ça.

— Avec le fait de tuer ?

— Oui. Qu'on se comprenne, je suis content d'être là et pouvoir faire payer des hommes qui croiseront ma route me met en joie, mais... pour tuer, j'ai besoin d'être en colère. À chaque fois que je l'ai fait, j'étais vraiment furieux. Seules mes émotions guidaient mes gestes et... j'ai peur de ne pas être à la hauteur de cette équipe.

Oscar posa une main réconfortante sur l'avant-bras de son ami et lui dit :

— On a la chance de poursuivre nos œuvres, je suis certain que tu seras à la hauteur. La tâche que tu t'étais fixée te reviendra vite en mémoire et je sais d'avance que tu lâcheras la bête en toi.

— Et puis, me voir exploser le crâne de quelques femmes à coup de faucille devrait t'aider.

Anton fit un clin d'œil à Caleb qui fronça les sourcils. Malgré tout, l'Anglais avait bien compris qu'il ne pourrait aller à l'encontre des envies de ses camarades et qu'il devait apprendre à accepter. La reine avait été claire, ce devait être un véritable carnage et si les femmes étaient épargnées, le peuple n'aurait pas aussi peur.

Il serra donc les dents et baissa la tête, en proie à un déchirement sentimental intense.

— Tu sais, Caleb... certaines femmes sont peut-être innocentes et douces, mais beaucoup se révèlent être de grosses manipulatrices, salopes et j'en passe.

Rose avait attiré l'attention du jeune homme, il planta son regard bleu dans le marron de la tueuse et arqua un sourcil.

— Ah oui ? Qu'est-ce que tu en sais ? Comment les différencier ?

— J'ai passé du temps à en observer certaines, je ne compte pas le nombre de menteuses, d'aguicheuses et de manipulatrices. Elles sont assez faciles à identifier de nos jours et je suis certaine que tu réussiras à faire la distinction entre celles que tu as à cœur de protéger et celles qui ne méritent qu'une gorge tranchée. De toute façon, on ne te forcera pas la main, on te laissera décider et on sera là pour t'aider.

À l'unisson, les tueurs hochèrent la tête et Caleb fut surpris par tant de sollicitude venant de tueurs impitoyables et sanguinaires. Tous ici avaient soif de sang et de tuerie, mais aucun d'eux ne jugeait la morale qu'avait Caleb et sa réticence à foncer dans le tas tête baissée. Comme un gosse pris sous l'aile d'un mentor, ou de quatre dans ce cas, il accepta ce qui s'apparentait à de la générosité et fit même un sourire à ses nouveaux amis.

En dehors de Gale, il n'avait jamais connu l'amitié et il pensa donc que c'était ce qui s'en rapprochait le plus. Quoi de mieux qu'une équipe de tueurs revenus d'entre les morts pour construire une belle relation ?

— Bon, on commence à parler du plan ?

Giuliana était impatiente de s'y mettre, elle n'avait plus tué depuis si longtemps que son dernier meurtre avait du mal à lui revenir en mémoire. Elle ne se souvenait plus que de l'odeur du sang sur ses mains et même ça, ça commençait à s'estomper.

Sans parler de son envie folle de manger un petit morceau ou plus...

Rose déverrouilla sa tablette et ouvrit une application de notes. La tueuse avait beau avoir pris son pied dans sa suite, elle avait tout de même trouvé le temps de commencer à élaborer un plan. Après tout, c'était elle le cerveau de la bande !

— J'ai commencé à penser à plusieurs choses. Je pense que plusieurs options s'offrent à nous...

Elle posa la tablette sur la table et présenta la première ébauche de plan à ses camarades.

— On peut commencer à frapper à différents endroits de la ville, chacun de nous tue de sa propre façon, soir après soir. Comme l'a dit Lily, les gens sont focalisés sur cette espèce de virus et ne pensent à rien d'autre, on va faire changer ça. En agissant un jour après l'autre, leur peur va monter progressivement, ils vont commencer à se poser des questions, à en parler autour d'eux... puis quand on verra que ça prend de l'ampleur, on frappe un grand coup.

Rose ouvrit une page internet qui dévoilait une affiche colorée. Le titre annonçait « *Paris Fashion Week 2021* ».

— La *fashion week* ? C'est quoi, ça ?

— C'est un rassemblement autour de la mode, mais ce n'est pas ça le plus intéressant. Ce qui peut être sympa, c'est de tuer tous les gens qui seront présents, il y aura des personnalités publiques, des mannequins, des riches... Je pense que c'est quelque chose qui peut vraiment foutre le bordel.

Anton sourit et plaça son bras derrière le dos de sa bien-aimée, il était si fier d'elle et de ses idées machiavéliques !

— Taper un grand coup, ça me botte, sourit-il.

Giuliana appuya son dos contre le fauteuil et croisa les bras sur sa poitrine. Peu convaincue par le pitch de Rose, elle demanda :

— Et comment tu comptes buter autant de monde ? On est cinq, je te rappelle. On risque notre peau !

— Justement, non. On ne peut pas mourir, Lily elle-même nous l'a dit. Même si les gens essayent de se défendre, ils ne pourront pas nous arrêter.

Rose souriait, elle était surexcitée par ce projet, même si le second l'intéressait tout autant.

— Et puis, j'imagine que notre cher Oscar ici présent trouvera amusant d'allumer un gigantesque feu, je me trompe ?

Le concerné tapa dans ses mains et sourit aux tueurs :

— Un peu, mon n'veu ! On pourrait bloquer toutes les sorties avec un bel incendie. La fumée les asphyxiera et les flammes les brûleront. J'adore ce plan, Delgado !

Caleb était finalement le seul à ne pas s'être prononcé. Il n'avait rien contre la première partie du plan, il pourrait aisément trouver une victime à tuer et serait heureux de se remettre à l'œuvre. Mais était-il prêt à aller aussi loin ? Tuer autant de monde... Mais d'ailleurs, combien de personnes cela représentait-il ?

— Je suis intéressé par la première partie, mais... pour la deuxième, combien de personnes on va devoir tuer ?

— C'est là que ça coince un peu. Avec leur situation, ils ont restreint les accès et je ne peux pas trop prévoir... mais ils parlent tout de même de cinq mille personnes sur la semaine, il suffira de frapper le jour où la plus grande maison de couture présente ses modèles.

— Et ça fera combien, ce jour-là ?

— Je ne sais pas, beaucoup. Des centaines, des milliers ?

— Comment on va faire ? On est peut-être immortels ou un truc comme ça, mais on est cinq... Tuer autant de monde... tu l'as déjà fait ?

Anton prit la parole en se remémorant le massacre que Rose et lui avaient fait dans une petite église de Montgomery.

— Pas des centaines, mais une cinquantaine, oui.

— Tous les deux ?

Les trois tueurs observèrent le Blood King d'un œil presque admiratif, sauf Caleb qui était plutôt rempli d'interrogation.

— Ouep', on avait des fusils d'assaut, de quoi les attacher et leur trancher la gorge. C'était un beau dimanche !

Rose sourit en replongeant dans ce doux souvenir, d'une belle journée du mois d'août. Le massacre de Montgomery lui avait fait faire de merveilleux rêves, même si les évènements qui avaient suivi l'avaient tourmentée.

— On avait frappé fort, surtout un dimanche dans une église.

— Et tu crois que cette fashion je sais pas quoi ça peut aussi faire du remue-ménage ?

— Oui, je pense. D'après mes recherches, c'est un évènement très attendu et suivi par le monde entier. Ils auront les yeux rivés sur ce truc, si on frappe là-bas, ils craindront pour leurs vies et quand on passera de pays en pays, la seule question qui brûlera leurs lèvres sera : vont-ils venir chez nous ?

Rose avait une lueur diabolique dans le fond de ses iris, elle était très excitée à l'idée de semer la terreur avec plus d'ampleur que lorsqu'elle sévissait à Chicago. Elle savait que ce plan pouvait fonctionner, mais il lui en restait encore un autre à présenter. Et quel plan ! Le choix allait être extrêmement difficile...

CHAPITRE SEPT

Rose observait attentivement la réaction de ses camarades après leur avoir exposé le second plan démoniaque qu'elle avait élaboré.

Oscar fut le premier à réagir :

— Tu veux qu'on fasse tout péter ? Vraiment ?

— Oui. Vous en pensez quoi ?

Anton secoua la tête, il était totalement contre cette idée.

— Non, ça me tente pas. C'est trop… facile.

Oscar approuva :

— Ouais, on pourra à peine profiter du spectacle.

Giuliana n'aimait pas non plus ce plan, même si elle devait reconnaître que fait péter simultanément cinq lieux emblématiques et bondés de la capitale ferait certainement de l'effet.

— Et puis qui sait s'ils ne mettraient pas ça sur le dos de terroristes ?

Rose était d'accord avec les trois tueurs, elle hocha la tête et revint à la page du premier plan.

— Je suis d'accord avec vous. J'ai eu cette idée dans le but de frapper un énorme coup en une seule fois, mais j'en conviens, ce n'est pas terrible. Surtout que dans ce pays, ils ont tendance à accuser les terroristes extrémistes au moindre truc qui se produit !

Oscar se tourna vers Caleb, qui avait gardé le silence depuis le début de la présentation de ce plan, et lui demanda :

— Et toi, t'en penses quoi ?

— Je suis assez d'accord avec vous. Et puis je sais

pas... quelque chose me gêne avec cette histoire de bombe.

— Moi je sais ce qui dérange ! C'est qu'on sent pas la vie s'échapper sous nos doigts ! C'est bien plus plaisant quand on les voit mourir, quand on entend leur dernier souffle, quand on sent les battements cardiaques ralentir jusqu'à s'arrêter complètement, décrivit Anton en se délectant.

Le frisson, l'adrénaline que ressentaient ces tueurs lorsqu'ils prenaient une vie était incomparable. Nul n'aurait accepté de se priver de ce sentiment si spécial. Pas même Caleb qui, malgré tout, adorait tuer.

Sa colère était son moteur, elle le guidait au travers d'un nuage de ténèbres et le poussait à commettre des meurtres, mais il y avait pris goût. Il ne se l'avouait qu'à peine, mais il lui tardait de s'y remettre. Sentir la vie s'échapper d'une gorge comprimée, le dernier souffle avant la mort... même les déjections qui accompagnent la fin de vie il les attendait avec impatience !

— Bon on part sur le premier plan, alors ?

À l'unisson les tueurs acquiescèrent à la demande de Rose et elle commença à donner des instructions.

— Ce que je pense, c'est qu'on devrait tous chercher des victimes comme nous avions l'habitude de le faire. Ainsi, on pourrait apprendre les uns des autres et s'enrichir de nos expériences... qu'en dites-vous ? Caleb, tu les choisissais comment tes victimes ?

— Euh... à vrai dire, je ne choisissais pas vraiment. Parfois, je les voyais au bar, quand ils avaient de mauvais comportements avec les femmes. Et parfois... c'était juste la colère. Un médecin m'a fait chier une fois, je suis revenu plus tard pour l'étrangler.

— Hum, OK... et toi, Giuliana ?

— Déjà, moi, je déteste tous les humains. Je préfère les animaux, alors... j'ai pas de critère de sélection particulier. Quand j'avais plus de quoi manger, je sélectionnais le plus pourri d'entre eux. Soit en piochant dans mes archives, soit en allant faire un tour du côté de l'aéroport...

Anton retint un haut-le-cœur :

— Tu les bouffais vraiment ?

— Oui, pourquoi ça te gêne ? Tu t'offusques moins quand tu massacres une vache pour un steak, hein ?!

Le Blood King, piqué par cette réflexion, fronça les sourcils à l'encontre de l'Italienne, dont le sang n'avait fait qu'un tour.

— C'est dégueulasse ! Et puis, que je la mange ou pas, elle sera tuée ta conne de vache ! Tu crois qu'une seule personne peut faire la différence ?! T'es bien naïve...

— Qu'est-ce que t'es con ! C'est à cause de personnes comme toi que les combats ne mènent jamais à rien ! Si tout le monde pense ainsi, personne ne bougera son cul et la cause n'avancera jamais ! Imbécile !

D'un coup de colère, Giuliana frappa du poing sur la table et fit se renverser le verre d'eau posé devant Caleb. Elle se leva ensuite d'un pas déterminé et disparut pour la seconde fois de la journée. Cette femme était vraiment colérique et impulsive !

Anton avait touché une corde sensible, la rage qui coulait dans les veines de la cannibale n'était pas très loin sous la surface et de simples réflexions de ce genre la poussaient à bout en moins de deux.

Rose secoua la tête de désespoir et commença à penser que cette mission ne mènerait qu'à un échec cuisant. S'ils n'étaient pas capables de s'entendre sur de simples sujets, comment cela se passerait-il lorsqu'il faudrait prendre des décisions importantes pour le groupe ?

— Anton, chéri... C'était pas cool de lui dire ça.

— Quoi ? Tu te fous de ma gueule, tu vas la défendre ? s'emporta-t-il.

— Tu sais bien que je serai toujours de ton côté, t'es mon roi. Mais admets que t'as titillé son point sensible, là...

— Mais, Rose, elle bouffe des humains, merde ! C'est ignoble !

— Oui, mais si c'est son truc est-ce qu'on pourrait pas juste accepter et la laisser faire ?! Après tout, elle va dans notre sens, elle en a tué un paquet de son vivant et s'apprête à recommencer à nos côtés. On peut bien la laisser manger ce qu'elle veut, non ?

Oscar et Caleb avaient gardé le silence, mais le regard qu'ils échangèrent était sans équivoque. Le régime de Giuliana les écœurait au plus haut point. Mais les mots de Rose résonnaient dans la tête des trois tueurs, y compris dans celle d'Anton. Leurs différences devaient faire leur force, pas leur faiblesse.

Ils avaient tous les cinq des compétences en matière de crime et même si ce que faisait Giuliana de ses cadavres dégoûtait les autres, ils devaient l'accepter sans la juger. La force d'un groupe dépend de sa diversité. Et ils étaient pour le coup super différents les uns des autres !

— Ouais, OK, je vais aller m'excuser.

Rose se leva avant Anton et l'informa de son intention d'y aller à sa place.

— À mon avis, ce sera mieux que j'y aille.

— Pourquoi ? Tu me crois pas capable de le faire ?

— Si, mais je pense que l'allumette peut vite rallumer la braise...

Oscar releva la tête, il appréciait beaucoup cette métaphore et il imaginait déjà de longues flammes lécher les murs de l'hôtel... La chaleur les étreindre, la lumière se dégager du feu ardent...

Ses pensées incandescentes prirent de la place et il secoua la tête pour les chasser tandis que Rose quitta la salle à manger pour mettre la main sur Giuliana.

La Blood Queen n'était pas douée en relations, mais elle avait passé du temps à porter le masque d'une amie normale et sans histoires. Elle avait appris quelques trucs intéressants et pour la première fois, elle avait l'opportunité de se faire une amie sans dissimuler sa véritable nature. D'autant plus que l'amie en question partageait son goût immodéré pour les meurtres et le sang.

Ce fut dans la cuisine qu'elle trouva Giuliana, occupée à farfouiller dans une immense chambre froide.

— Je peux te parler ?

L'Italienne, dont les sourcils étaient encore bien froncés, pivota sur elle-même et sortit de la chambre froide avec quelques ingrédients dans les bras.

— Quoi ? Tu viens pour enfoncer le clou qu'a planté ton mec ?

— Non, je viens pour te présenter ses excuses.

— Il est pas assez grand pour le faire tout seul ?!

— Si, mais Anton a tendance à se laisser submerger par sa colère et ses émotions. J'ai pensé qu'il serait mieux pour nous tous que je vienne à sa place.

— Hum...

Giuliana posa les légumes sur le plan de travail et

sortit une casserole ainsi qu'une poêle avant d'allumer le feu de la gazinière. Elle avait la dalle et n'avait pas cuisiné depuis si longtemps qu'elle n'avait que ça en tête depuis son arrivée ici. Ça et un bon bain chaud qu'elle avait pris quelques heures plus tôt.

— Alors, tu aimes les animaux ?

— Non, je les adore. Je leur ai dédié ma vie, j'ai changé mon mode de vie, tout pour eux.

— C'est ce que j'avais cru comprendre, oui.

Tandis que Giuliana émincait les légumes et faisait bouillir de l'eau, Rose s'accouda sur le plan de travail en la regardant faire. L'Italienne avait une façon de trancher très précise et une dextérité impressionnante ! Même s'il ne s'agissait pas de viande, mais de légumes, la Blood Queen pouvait aisément deviner ce qu'elle était capable de faire à un autre être humain. Elle en souriait d'avance.

— Moi aussi j'aime les animaux. Je ne leur ai jamais fait de mal et j'ai toujours eu à cœur de les protéger.

— Tu manges de la viande ?

— Euh... oui.

— Alors tu ne les aimes pas vraiment.

— Si ! Je n'ai jamais touché à un seul de leurs poils !

— Rose, si tu les aimais vraiment, tu ne mangerais pas leurs congénères, peu importe la race. Ne pas les tuer toi-même c'est une chose, les consommer... ça entretient les tueries.

Ses poivrons émincés, ses tomates découpées, Giuliana fit passer le tout dans une poêle et la chaleur fit crépiter les légumes. L'odeur était déjà à tomber !

— Je crois que t'aimes le sang, c'est ça ? D'après ce

que disait Lily, les gens t'appelaient la Blood Queen ?

— Oui. J'adore le sang... Mais je vois pas le rapport ?

— Si t'aime le sang, tu n'as aucun problème avec le fait de découper des corps, de les cuisiner et de les manger, si ? Pourquoi pas après tout ? Si tu manges du poulet, du porc, du bœuf... Pourquoi ne pas avoir jeté ton dévolu sur toutes les raclures que t'as tué ?

— Je n'y ai jamais songé. Pour être honnête, j'ai aucun problème avec ça, mais je n'ai jamais imaginé que je puisse être cannibale. Tu cuisinais réellement toutes tes victimes ?

— Oh oui ! Et j'avais de sacrées bonnes recettes, tu peux me croire !

— Avant de découvrir ton histoire, j'imaginais qu'un cannibale se contentait de dévorer la chair crue.

— Je suis une cannibale, pas un zombie !

Les deux femmes rirent à l'unisson, ce qui était extrêmement déroutant si on s'arrêtait deux secondes sur la situation. Pourtant, ce petit moment de légèreté, en discutant tout de même de découper et manger un humain, fit du bien à Giuliana et Rose.

Être sorties de l'enfer pour mener une mission de terreur et de mort n'était pas de tout repos, elles avaient la pression !

— N'es-tu pas devenue dépendante à ce régime ? J'ai entendu des choses sur les gens comme toi...

— Oh si, je l'étais. Je ne pouvais plus m'en passer après quelque temps et je n'ai d'ailleurs jamais trouvé de raison valable pour arrêter.

Giuliana remua le contenu de sa poêle tout en replongeant dans ses souvenirs, cela faisait si longtemps qu'elle n'avait pas repensé à tout ça...

Se sentant en confiance avec la jeune tueuse, elle décida de se confier à elle, sans pour autant se l'expliquer.

— C'est ma folie qui m'a fait sombrer. Un flic était à mes trousses, il avait compris mon petit manège, même si son coéquipier me prenait juste pour une vieille folle entourée d'animaux. Il m'a traquée, je n'ai pas pu résister et j'ai joué avec lui. Je l'ai torturé et c'est là que j'ai découvert que je pouvais prendre du... plaisir, lors de ces actes.

Rose, subjuguée par l'histoire de la doyenne, posa son menton sur ses mains et écouta attentivement.

— Je lui ai fait bouffer sa propre bite, mais ce n'était pas assez. Je voulais recommencer. J'ai donc sélectionné un autre gars, je l'ai ramené chez moi et j'ai cuisiné ses couilles pour lui faire manger.

La Blood Queen ne put retenir le petit rire qui lui vint, elle trouvait cette idée sordide à souhait et tellement inspirante.

— C'est du génie, Giuliana ! Qu'est-ce que tu as fait ensuite ?

— J'ai perdu l'esprit et j'ai relâché ma vigilance. D'habitude je faisais plutôt attention, j'avais tout de même passé dix ans à tuer sans jamais être arrêtée... mais là, l'excitation, mon esprit qui commençait à divaguer... je suis sortie, j'ai attaqué un homme et une prostituée. J'ai buté l'homme et j'ai embarqué la pute. Dans ma précipitation, j'ai oublié de la bâillonner. C'est comme ça que le flic en patrouille qui m'avait arrêté l'a entendue dans mon van.

— Merde ! C'est terrible !

— J'te le fais pas dire ! De fil en aiguille, je me suis retrouvée chez moi, entourée d'une dizaine de policiers qui fouillaient les moindres recoins de mon refuge. Ils ont même tué un de mes chiens qui voulait me protéger ! Tu te rends compte !

Rose était horrifiée par ce récit, pauvre toutou… Et pauvre Giuliana qui avait dû subir tout ça.

— Et puis ils ont trouvé mon garage, mon antre secret.

— Tu y cachais tes victimes ?

— Oui, mes morceaux de viande prélevés avec soin, mes… trophées aussi.

Giuliana sourit en repensant aux têtes découpées ainsi qu'aux mains et aux doigts. Elle remua les pâtes qu'elle avait plongées dans l'eau bouillante tout en penchant la tête sur le côté.

— J'avais des têtes coupées, des mains, des doigts… c'était un peu mon coffre au trésor. J'en étais si fière ! Ils ont évidemment mis la main dessus et le flic qui menait tout ça a reconnu une partie de son ancien coéquipier dans le congélateur. Ça lui a pas plu du tout, tu t'en doutes. J'ai à peine eu le temps de me foutre de sa gueule qu'une saloperie de crise cardiaque m'a terrassée.

— C'est dingue… dans les rapports de police que j'ai trouvés, ils ne mentionnent pas tous ces détails.

— Eh bien comme ça, tu as ma version de l'histoire maintenant.

Giuliana sourit à Rose et les deux femmes gardèrent ensuite le silence pendant quelques minutes. La tueuse à la hache observait la cannibale tandis qu'elle cuisinait et commençait pour la première fois de sa vie à se sentir bien en compagnie d'une autre personne. Enfin… en dehors d'Anton et de June, évidemment.

La jeune rousse avait été son amie, elle l'avait

d'ailleurs sincèrement aimée, même si elle n'avait jamais eu l'opportunité de lui révéler sa véritable nature. L'aurait-elle accepté comme Giuliana le faisait ? L'Italienne et l'Américaine partageaient ce goût pour la mort, ce qui les rapprochait d'emblée. Mais June aurait-elle pu accepter cette facette de Rose ?

À y repenser, le cœur de la tueuse se serra et elle chassa ses pensées en allant récupérer des assiettes et des couverts pour la petite troupe. L'heure du repas avait sonné et, comme ils n'étaient pas encore sortis de l'hôtel, le menu serait entièrement végétarien ce soir.

Il ne le resterait pas longtemps...

CHAPITRE HUIT

Quand les deux femmes revinrent à la salle à manger, elles trouvèrent les hommes en plein éclat de rire. Elles échangèrent un regard complice, haussèrent les épaules et s'avancèrent avec le dîner.

— Giuliana a préparé le repas, vous avez faim ?

Les rires se turent, tous tournèrent la tête vers les deux tueuses et Rose, d'un clignement de paupière, leur fit comprendre qu'ils pouvaient manger sans crainte. Alors, ils poussèrent les plans, l'ordinateur portable et la tablette sur le côté et firent de la place pour accueillir les assiettes et le plat.

— Ce n'est rien de spécial, juste des spaghettis aux légumes.

— Ça sent bon en tout cas !

Rose distribua assiettes et couverts, Giuliana servit de grosses portions fumantes à ses nouveaux alliés.

Et ensemble, les cinq de l'Enfer, puisqu'ils en avaient perdu un en route, dînèrent en riant et en programmant la prochaine tuerie. Ils avaient tous soif de sang et de mort, ils étaient impatients de s'y mettre, même le jeune Caleb trépignait.

Ils discutèrent longuement, Anton et Oscar vidaient la bouteille de whisky qu'ils avaient réclamé aux domestiques, Caleb enchaînait les bières, tandis que Rose et Giuliana s'en tenaient au jus de fruits. La nuit tomba, s'étira et les heures défilèrent pendant que les tueurs préparaient leurs coups.

Pour la première partie, sur sept jours d'affilée, ils

allaient frapper seuls sur des lieux différents. Ils ne devaient pas se louper, même s'ils savaient pertinemment qu'ils ne risquaient ni la prison ni la mort.

— J'ai déjà trouvé plein d'infos sur quelques victimes. Les gens de maintenant sont vraiment hyper connectés !

Rose montra la tablette et les informations qu'elle avait récoltées sur une Laura Martin, un Georges Deschamps et plein d'autres. Caleb et Oscar avaient encore du mal avec toute cette technologie, ils ne se faisaient pas du tout à cette évolution qui avait eu lieu pendant leur mort. L'étrangleur aurait préféré traîner dans un bar pour trouver une victime, prendre le temps de l'observer, d'analyser son comportement et laisser la colère monter crescendo.

— On pourrait pas sortir ? Aller les chercher directement... c'est beaucoup plus plaisant, non ? proposa l'étrangleur.

— Moi, je préfère les repérer à l'avance pour être prête à tout, mais si vous préférez sortir...

Rose n'eut pas le temps de finir sa phrase, Caleb, Oscar et Anton se levèrent de concert, le sourire aux lèvres.

— Toi aussi, Anton ?

— Oui, *Detka*, j'ai envie de voir comment se porte l'humanité...

Le géant Russe se pencha en avant et déposa un baiser au goût de whisky sur les lèvres sucrées de sa reine.

— On n'en a pas pour longtemps, on va juste jeter un coup d'œil, déclara-t-il.

— Prenez des armes, on ne sait jamais, vous pourriez trouver quelqu'un à ramener, conseilla Giuliana.

Caleb se tourna vers l'Italienne, intrigué par le mot qu'elle avait employé.

— À ramener ? Tu veux dire à tuer, non ?

— Non, je voulais bien dire ramener, pour que je puisse bouffer autre chose que des légumes !

— Ah…

L'étrangleur ravala sa salive difficilement. Même s'il avait conscience qu'ils devaient tous s'accepter les uns les autres, il n'était pas encore très à l'aise avec le fait de savoir que l'Italienne consommait de la chair humaine. Un frisson désagréable le traversa tandis qu'il prit une veste et un couteau.

Oscar vérifia que ses briquets fonctionnaient, puis il jeta son dévolu sur un pied de biche qui dépassait d'une caisse en bois. Les domestiques n'avaient pas encore reçu l'ordre de ranger et donc, une bonne partie des affaires des tueurs traînaient encore au rez-de-chaussée.

Penché au-dessus d'une boîte qu'Anton connaissait bien, le Blood King se mordit la lèvre et récupéra une des trois faucilles. Sa reine se plaça juste derrière lui et sourit.

— Je savais que ça te ferait plaisir de les revoir.

— Comment c'est possible ?

— Lily l'a dit, tout est possible…

— Putain, elles sont comme dans mon souvenir !

Du bout du doigt, le tueur caressa la lame affutée et visualisa sans peine le sang qu'il allait faire couler avec celle-ci. Un air de pure folie se dessina sur ses traits et il embrassa à nouveau Rose avant de s'adresser à ses nouveaux copains.

— Vous êtes prêts, les gars ?

Caleb et Oscar hochèrent la tête et les trois hommes

quittèrent l'hôtel par la grande porte, tandis que les femmes restèrent sur place et continuèrent pas ficeler leurs plans d'attaque.

La nuit était sombre, les bruits de voitures étaient rares, mais présents. Anton, Caleb et Oscar remontèrent la ruelle à la recherche d'une rue plus grande, plus fréquentée. Ils marchèrent un bon moment, le cœur pulsant dans leur poitrine, l'adrénaline venant faire son œuvre et leur prodiguer ce frisson qu'ils attendaient tant. Mais l'endroit n'était pas très fréquenté et l'heure tardive n'aidait pas.

Enfin, ils tombèrent sur un restaurant surplombé d'un moulin en bois. À l'angle d'une rue, le *Moulin de la Galette* était en train de fermer ses portes. L'un des serveurs recouvrait le mobilier extérieur tandis qu'un autre essuyait les tables pour son collègue. Il n'y en avait que cinq dehors, ils retournèrent donc très vite à l'intérieur du restaurant.

Sans parler, les trois hommes tombèrent d'accord, un seul regard avait suffi à les décider.

Ils s'avancèrent vers l'arche en pierre qui faisait office d'entrée et pénétrèrent dans le petit jardin, la cour extérieure. Les feuillages et les grilles en fer forgé préservaient l'intimité de cette devanture. Les pavés en pierres donnaient un petit côté champêtre à la terrasse, mais aucun des trois tueurs ne s'en préoccupa.

Anton s'avança le premier vers la porte, il fut reçu par le patron en personne, qui était en train de partir.

— Oh, bonsoir Messieurs, je suis désolé, nous fermons.

— Pas là pour ça.

D'un geste brusque et vif, Anton repoussa le petit

homme à l'intérieur de son établissement et ce dernier se ramassa par terre. Oscar laissa échapper un rire, puis il entra en dernier et referma la porte derrière lui.

D'une voix forte, Anton interpella les trois serveurs qui finissaient de nettoyer la salle, ce qui les fit sursauter.

— Venez par ici, vous trois !

Surpris, les deux hommes et la femme s'approchèrent, sans lâcher balai, chiffon et serpillère.

— Que voulez-vous ?

Le patron, toujours le cul par terre, tremblait d'effroi. Mais à ce moment-là, il ne craignait pas pour sa vie, mais bien pour son argent. Car que pouvaient bien lui vouloir les trois hommes sinon le délester de ses billets ?

Anton eut la présence d'esprit d'aller vérifier la salle, la terrasse jardin et la cuisine, où il trouva deux cuisiniers. Même s'il n'y avait aucune autre issue possible, il s'évitait un coup de fil à la police et tout un tas d'emmerdes. La reine n'aurait sûrement pas apprécié de devoir sortir ses tueurs de prison dès le premier soir.

En les poussant violemment, Anton fit avancer les cuisiniers dans la salle, où ils retrouvèrent leurs collègues installés sur des chaises. Personne n'osait bouger, seul le patron répétait en boucle les mêmes mots.

— Pourquoi faites-vous ça ? Combien voulez-vous ?

Oscar en avait marre, il sortit son pied de biche de sous son manteau et assomma d'un geste vif le petit brun. Ce dernier tomba en avant, la tête contre la table, inconscient. Les employés poussèrent tous un cri d'effroi et de surprise, puis l'un des serveurs intervint :

— Écoutez, on ne veut pas d'ennuis, prenez ce que vous avez à prendre et on ne dira rien à personne.

Joueur, Anton rit et haussa les épaules :

— Évidemment que vous ne direz rien.

Il sortit sa faucille, qu'il avait accrochée à sa ceinture, et s'avança vers celui qui venait de parler. Il saisit son col et le souleva, comme s'il ne pesait que quelques grammes. Le Blood King était heureux de voir qu'il avait toujours la même force et qu'il inspirait toujours autant la peur. Celle qu'il lisait dans les pupilles du jeune blond le comblait de joie, le frisson qu'il attendait tant était arrivé. Son cœur battait la chamade, il devait vite le saigner pour ressentir ce qu'il aimait tant et voir s'écouler le sang partout autour de lui.

Aisément, il souleva le serveur un peu plus haut d'une main. Jordan suppliait le tueur en pleurant, chose qu'il n'avait jamais faite devant des inconnus. Il était un jeune garçon brillant et discret, du genre à ne pleurer qu'en cas de raison plus que valable du style, décès, rupture amoureuse ou... mort prochaine.

— Je vous en supplie...

Sans qu'Anton eût poussé Jordan à le supplier, ce dernier le fit et le tueur sanguinaire fut plus que satisfait. Il adorait les supplications à l'inverse de sa délicieuse reine.

Anton leva la faucille en l'air, la plaqua contre la gorge du serveur et fit un geste très rapide qui déchira la peau. Le sang gicla sur son visage et son torse, il sourit de satisfaction. L'odeur métallique envahissait maintenant ses narines et il adorait ça. Les cris de peur des autres employés, en revanche... ça lui cassait les couilles !

Le Blood King balança le cadavre encore chaud sur le sol du restaurant et hurla par-dessus le vacarme :

— Caleb, Oscar ! Faites quelque chose pour qu'ils la ferment !

Caleb, encore sous le choc de la scène à laquelle il venait d'assister, sortit son couteau et menaça les deux cuisiniers afin qu'ils se taisent. Les deux hommes tremblaient, mais n'émettaient plus le moindre son. Gale en fit de même, son pied-de-biche brandit au-dessus des crânes de la serveuse et du serveur. La jeune femme pleurait et en y regardant de plus près, Oscar découvrit qu'elle s'était urinée dessus de frayeur. Il pouffa de rire.

Recouvert de sang, Anton prit quelques secondes pour apprécier le liquide chaud et s'en frotta même les mains et le visage. Il adorait ça ! Il ressentait même son sexe se durcir tellement tuer lui avait manqué et tant il était heureux de prendre une vie. Il voulait continuer, mais il ne devait pas oublier les copains non plus.

— Allez-y, les mecs, éclatez-vous !

Avec un sourire carnassier, Oscar empoigna la chevelure rousse de la jeune femme et la tira pour la faire tomber de sa chaise. Caleb ne put le supporter...

— Oscar ! Non !

Le bras levé, l'arme prête à exploser le crâne de la serveuse, Gale s'interrompit, le souffle court.

— Caleb... on en a déjà parlé, on ne peut pas toutes les épargner.

— Je sais, j'ai compris... mais...

Le jeune étrangleur sentit une rage monter en lui, la même que celle qui l'avait poussé à tuer dans les années soixante. Il inspira longuement et passa une main dans ses cheveux mi-longs.

— Pas devant moi, pour le moment. S'il te plaît.

— Bien.

Toujours en la tirant par les cheveux, Oscar emmena avec lui la jeune femme jusqu'à la cuisine. Elle tentait de se débattre, elle avait peur pour sa vie, mais aussi d'être violée… Maintenant qu'elle était seule avec cet homme au ventre rebondi et au crâne chauve, qui savait ce qu'il allait faire d'elle ?

— Je vous en supplie… laissez-moi partir.

— Tu rêves, ma jolie !

Avec force et violence, et après avoir lâché la tignasse de la jeune femme, Oscar abattit le pied-de-biche sur son crâne. Elle cria, il recommença. Une fois, deux fois, trois fois, quatre… Il fut pris d'une frénésie qui faisait battre son cœur plus vite, plus fort. Il ne s'arrêta pas avant que la tête de la jeune femme soit complètement éclatée et que des bouts de cervelle s'échouent sur le carrelage blanc de la cuisine.

Face à ce merveilleux spectacle, il sourit et fut extrêmement satisfait. Le bonheur tenait à peu de choses, finalement.

De son côté, Caleb, qui avait observé son ami s'éloigner avec la fille, se saisit d'un cuisinier. L'homme aux traits fins et aux yeux en amande ne tenta même pas de supplier son bourreau. Il s'était fait une raison, ou plutôt il réfléchissait à une façon d'assommer Caleb pour fuir.

Luan, qui était d'origine vietnamienne, pensait qu'il avait de la chance d'avoir été choisi par le plus petit et maigre des trois hommes. Il surplombait Caleb d'une tête et était bien plus musclé. Il pouvait s'en tirer !

Alors que l'étrangleur semblait être comme possédé

par la rage qui coulait dans ses veines, Luan tapa sur son avant-bras et Caleb lâcha sa nuque. En trois enjambées, le cuisinier arriva devant la porte et posa sa main dessus, prêt à l'ouvrir et à se ruer à l'extérieur. Mais il avait sous-estimé Caleb et ça, ce n'était vraiment pas une chose à faire.

L'étrangleur enroula sa ceinture autour de la gorge de Luan et ceux qui avaient vu la scène étaient encore choqués par la rapidité à laquelle le jeune homme avait retiré son accessoire de son pantalon. Était-il un sorcier ? Personne ne pouvait se déplacer aussi vite !

Enragé, Caleb serra de plus en plus fort et, sa bouche près de l'oreille du cuisinier, il lui murmura :

— Avec moi, aucune échappatoire possible.

Luan suffoquait déjà, un voile noir se dressait devant ses pupilles et des fourmis vinrent se loger dans ses membres. Il sentit son urine dégouliner le long de sa jambe et ses larmes sur ses joues.

Un nouveau geste de Caleb lui fit perdre la vie, la trachée enfoncée et les vertèbres cervicales fracturées. Oui, le petit étrangleur anglais ne payait peut-être pas de mine, mais il avait une force impressionnante et nul ne pouvait se frotter à lui sans en payer les conséquences.

Anton lui-même était impressionné et ressentit étrangement un sentiment de fierté l'envahir.

Cette équipe était vraiment incroyable !

CHAPITRE NEUF

Recouvert de sang, Anton passa la porte de l'hôtel particulier accompagné par ses deux compères. Les trois hommes s'étaient bien amusés et, même si l'idée de base n'était pas de tuer six personnes dans un restaurant, ils avaient tout de même passé une super soirée ! Rose et Giuliana avaient pris place sur la terrasse extérieure et la Blood Queen fut tout émoustillée de découvrir son homme dans cet état.

— Oh, Anton ! Que s'est-il passé ? Vous avez trouvé du monde ?

— Six personnes dans un petit restau' pas loin d'ici ! Un carnage !

Enjoué et surexcité, Anton prit Rose dans ses bras et l'embrassa à pleine bouche, la tachant au passage du sang en partie séché sur sa lui.

Giuliana releva la tête de son carnet et fronça les sourcils quand elle découvrit qu'ils n'avaient pas de cadavre avec eux.

— Vous n'avez rien ramené pour moi ?

— On devait ?

— Gale ! Je vous l'avais demandé, nom de Dieu !

— Oh, relax ! Viens avec moi...

Le pyromane embarqua la cannibale à l'entrée de l'hôtel, où deux cadavres encore chauds reposaient sur les dalles en pierre.

— Oh putain !

Si Giuliana avait été tactile ou même juste affectueuse envers la race humaine comme elle l'était avec les animaux, elle aurait pris Gale dans ses bras à ce moment précis. Juste pour le remercier pour cette délicate attention.

— Alors, ça te convient ?

— Oui ! Je vais m'y mettre tout de suite, on a une chambre froide immense !

Oscar fit un pas en avant pour aider Giuliana, mais celle-ci l'épata lorsqu'elle balança le cadavre d'un des serveurs sur son épaule sans broncher. Elle passa devant le tueur sans boiter, sans montrer aucun signe de faiblesse, puis elle se retourna une fois arrivée dans l'entrée :

— Ben, tu m'aides avec le second ou quoi ?!

— Ouais… j'arrive.

Sous le choc, Gale attrapa le directeur du restaurant et le porta jusqu'à la cuisine, où Giuliana avait déjà posé le premier corps.

— Il va y avoir du boulot ! Tu peux me trouver les domestiques ? lui demanda-t-elle.

— Tu vas les découper maintenant ?

— Ouais, c'est mieux pour la viande. Quand j'étais encore en vie, je la prélevais sur des vivants. Ils mouraient avant que je termine, bien sûr, mais au moins c'était meilleur.

— T'es vraiment… spéciale.

— Ouais, va chercher les trois loques.

— OK, je reviens après te filer un coup de main.

Giuliana avait déjà attrapé des couteaux et avait le nez plongé dans les corps. Elle ne vit pas le regard admiratif que lui lança Oscar lorsqu'il quitta la pièce et elle ne se rendit pas compte que l'homme commençait à la trouver particulièrement canon.

Oscar trouva sans peine les domestiques qui étaient

restés plantés dans l'entrée près du bar. Il leur somma de rejoindre Giuliana dans la cuisine, tandis que Rose et Anton passèrent devant lui pour monter dans leur chambre. À en croire les rires et les éclats de voix, ces deux-là n'allaient pas dormir de sitôt.

Il sortit ensuite sur la terrasse où Caleb s'était installé, une bière entre les mains.

— Alors, petit, ça va ?

— Oui et toi ?

— On n'peut mieux !

Oscar prit place sur la chaise à côté de son ami et attrapa une cigarette dans le paquet qui était posé sur la table. Il l'alluma, prit quelques secondes pour admirer le feu, puis éteignit le briquet et tira une longue taffe.

— Comment tu vis tout ça ?

— Tout ça, quoi ?

— Ce qu'on fait, là. Être réunis pour tuer un maximum de personnes, le massacre de ce soir… tout est OK pour toi ?

— Contre toute attente… oui.

Caleb avala une gorgée de bière. Oscar l'observa et se rendit compte qu'il avait en face de lui un vrai adulte. Le môme de la Walton Gaol avait complètement disparu et il sentit un changement radical chez son jeune ami. Peut-être était-ce lié au temps qu'ils avaient passé en enfer ? Nul ne pouvait l'affirmer.

— Toute la colère que j'ai en moi, celle que je pensais ne plus pouvoir ressentir… elle prend de la place et quand je tue, elle me rend… plus vivant, je crois. Je n'ai jamais réfléchi à tout ça avant, mais ce soir, avec vous… c'était comme si j'avais trouvé ma place. Tout ce que je n'ai jamais eu de mon vivant, je le trouve dans la mort, si on peut le dire comme ça.

— Je vois où tu veux en venir. J'ai toujours été un loup solitaire, moi aussi, mais partager cette passion pour la mort, ça rapproche. On a l'impression d'appartenir à un groupe, une famille.

— Oui, c'est ça ! Une famille ! Tout ce que je n'ai jamais eu finalement.

Les deux hommes furent touchés, mais n'en firent pas étalage. Ils se contentèrent de sourire, puis de tirer une taffe de cigarette pour l'un et boire une gorgée de bière pour l'autre.

Pour la première fois de leur vie — si on pouvait le dire ainsi puisqu'ils étaient morts —, ils avaient des personnes pour partager cette facette d'eux-mêmes. Celle qu'ils ne pouvaient pas dévoiler aux autres, à ceux qu'ils avaient connus de leur vivant, même s'ils étaient peu nombreux.

Ce sentiment les conforta dans leur idée, leur réchauffa le cœur et les deux hommes comprirent qu'ils pourraient réussir et aller au bout de la mission de Lily.

Se faisant, ils accèderaient à leur plus grand souhait, celui auquel ils n'avaient pas encore réfléchi.

Rose et Anton s'embrassaient à en perdre la raison, l'eau de la douche s'écoulait sur leurs corps en feu et le sang qui recouvrait Anton glissait sur le sol carrelé. Ils étaient enfiévrés. Le géant russe attrapa les cuisses de sa reine et la souleva avec une extrême facilité, elle écarta les jambes instinctivement et quelques secondes plus tard, ils entrèrent en connexion.

Leur statut quelque peu flou, entre mort et vivant, leur conférait plusieurs avantages, dont celui de ne pas éprouver la fatigue de la même manière qu'avant. Certes, ils auraient besoin de dormir à un moment où à un autre, mais ils étaient encore en parfaite forme et prêts à soulever des montagnes. Ou un amas de corps sanguinolent... Oh oui, cette idée était tellement plaisante, tellement... appétissante !

En tout cas, les deux cadavres qui se trouvaient sous les yeux de Giuliana commençaient vraiment à prendre forme, ou la perdre en réalité. Avec l'aide des domestiques, dont l'esprit était contrôlé, elle vint rapidement à bout de sa tâche et en moins de deux heures, toute la viande était empaquetée et rangée dans la chambre froide.

Giuliana était recouverte de sang et souriait bêtement, excitée par ce qu'elle venait de faire. Oscar arriva dans la cuisine, un brin éméché par l'alcool qu'il avait ingurgité.

— Ben, t'as déjà fini ?

— Ouais, si j'attendais ton aide, je n'aurais même pas commencé !

— Excuse, j'ai discuté avec Caleb et j'ai pas vu l'temps passer.

La cannibale se rapprocha de l'immense évier et entreprit de se laver les mains et les avant-bras.

— J'ai remarqué ça, ouais.

Elle n'était pas vraiment en colère, elle s'était toujours débrouillée seule alors elle n'avait aucune raison d'en vouloir à Oscar. Pourtant, elle ressentit une légère pique dans le cœur, sans pouvoir se l'expliquer. Qu'aurait-il fait pour l'aider de toute façon ? Que connaissait-il de la découpe de cadavres ? De ce qu'elle avait compris et d'après les dires de Rose, Gale était du genre à tout faire partir en fumée.

Le pyromane quant à lui se sentit un peu coupable aussi. Il n'avait rien promis, mais il avait bien dit à l'Italienne qu'il lui filerait un coup de main et il n'était pas revenu à temps, trop absorbé par sa conversation et le whisky. Il se rapprocha de Giuliana et pinça ses lèvres comme un gosse coupable d'une connerie.

— Excuse-moi.

C'était la première fois que la tueuse entendait ces mots lui être adressés. Du plus loin qu'elle se souvienne, personne ne lui avait jamais présenté d'excuses, personne n'avait jamais estimé qu'elle comptait assez pour qu'on le fasse.

Elle fut très surprise, si surprise qu'elle laissa même un petit hoquet s'échapper de sa bouche.

— T'as dit quoi, là ?

— Excuse-moi, j'aurais dû revenir comme je te l'ai dit, répéta-t-il.

— Ouais, ben... c'est rien.

L'Italienne était trop gênée pour pouvoir s'étendre sur la question, elle coupa l'eau du robinet et quitta la cuisine précipitamment, laissant Oscar abasourdi par son comportement étrange. Qu'avait-elle tout à coup ? Il avait présenté ses excuses de façon polie, le plus qu'il pouvait en tout cas, qu'est-ce qui lui prenait ? Il n'était peut-être pas très doué en matière de relation, mais il savait que lorsqu'on s'excuse auprès de quelqu'un, cette personne est supposée dire quelque chose, au moins merci, non ?

Furieux, il prit sa tête à deux mains et donna un coup de pied dans un des meubles sur roulettes avant de quitter à son tour la cuisine.

L'être humain est bien compliqué. Même si ces cinq-là étaient bien différents des autres, ils n'en demeuraient pas moins des humains. Les émotions et les sentiments faisaient partie du *package*. Quoi qu'ils en pensent et ce malgré leur goût immodéré pour la mort, leur manque quasi total d'empathie et leurs envies de massacrer le monde.

Contre toute attente, ils devraient gérer leurs émotions et les liens qui finiraient par se créer entre eux, en plus de tout le reste. Le *Killers Gang* était vraiment loin de se douter de tout ce qui les attendait.

CHAPITRE DIX

Neuf jours s'étaient écoulés et les sorties des tueurs avaient causé beaucoup, beaucoup de soucis aux Français. Rose, Anton, Giuliana, Caleb et Oscar avaient à eux cinq tué un peu plus de cinquante personnes, aux quatre coins de la capitale. Les médias avaient délaissé le fameux virus et les habitants demeuraient calfeutrés chez eux le plus souvent possible. Le gouvernement avait même commencé à parler d'un couvre-feu, destiné cette fois-ci à parer à la menace des tueurs et non pas une petite grippe.

Leurs théories étaient toutes plus folles les unes que les autres et le gang de tueurs s'amusait de leur ignorance. Certains s'autoproclamaient spécialistes et faisaient mention d'un groupe de terroristes, ce qui était démonté par le seul argument que les victimes n'avaient jamais aucun lien entre elles. Religion, origine, sexe, profession... rien ne les reliait jamais. Ça allait à l'encontre d'une organisation terroriste selon eux, puisqu'ils avaient toujours un but à atteindre.

En bref, les médias et le gouvernement stagnaient et personne n'était en mesure de rassurer les habitants de Paris. Les tueurs s'en délectaient. Le bordel était installé, il suffisait maintenant de le faire éclater.

Tous apprêtés de tenues sombres, le Killers Gang se préparait à monter dans le van qu'ils avaient réclamé à la reine pour se rendre sur les lieux du défilé *Dior*. Le pick-up d'Anton était immense, mais pas assez pour accueillir toute la petite troupe. C'était à l'occasion de cette représentation qu'ils comptaient faire éclater toute leur folie.

— Vous êtes prêts ?

Rose était surexcitée. Les meurtres des derniers jours l'avaient rendue euphorique et elle était vraiment impatiente de commencer le carnage.

Tous ces alliés hochèrent la tête, Oscar se frotta les mains et Giuliana termina son sandwich en trois bouchées.

La cannibale avait pris le rôle de cuisinière dans l'hôtel, malgré la présence de trois personnes prêtes à tout pour les satisfaire, et elle avait tenté plusieurs fois de faire goûter sa viande aux autres. Seule Rose avait voulu essayer, les autres n'étaient pas prêts. Et la Blood Queen avait adoré !

Son amie Italienne avait un don certain pour l'élaboration de recettes toutes plus savoureuses les unes que les autres. Elle savait manier les ingrédients et sublimer des plats comme nul autre. Anton avait été tenté de goûter, puis il s'était ravisé lorsqu'il avait repensé à l'état d'un corps en décomposition. Ça lui avait retourné l'estomac.

Caleb était loin d'en avoir envie, il était tout simplement hors de question pour lui de toucher à cette nourriture. Oscar quant à lui commençait à éprouver quelques sentiments pour l'Italienne et, rien que pour ça, il aurait aimé tenter le coup. Il n'avait juste pas encore trouvé le courage de le faire.

— Bon, je récapitule : Anton, Giuliana et moi, on entre par l'entrée principale, à l'avant du musée. Caleb et Oscar, vous prendrez l'hélico et vous passerez par celle de derrière, face aux jardins, si quelqu'un tente de vous en empêcher, vous le butez. Vous avez tous des munitions ? débita à toute vitesse Rose.

— Ouep', et moi j'ai l'alcool à brûler aussi.

Oscar ouvrit le sac à dos et montra les quatre bouteilles qu'il avait embarquées.

— Super. Et rappelle-toi de ne foutre le feu qu'une fois qu'on est dehors. Je n'ai pas envie de cramer...

— Et moi, je vais faire quoi ?

Caleb avait pris en assurance en tuant avec une telle régularité et en le partageant avec ses nouveaux amis, mais ce n'était pas encore assez. Il doutait de lui et de ses capacités, surtout à côté de tueurs aussi impitoyables qu'eux. Anton leva le nez vers lui tout en ajustant l'anse de son *AK-47* autour de ses épaules.

— Ce que tu sais faire de mieux, tu tues.

— Et si... j'y arrive pas ?

— Tu réussiras, gamin, t'as ça dans le sang. On l'a bien vu ces derniers jours, t'es une machine à tuer !

— Oh... d'accord. Mais je n'ai jamais tiré avec une arme.

Rose, qui rassemblait ses cheveux en une queue de cheval haute, lui expliqua pour la énième fois.

— Tu retires le cran de sûreté, tu poses ton doigt sur la gâchette et t'appuie. Tu fais gaffe au recul de l'arme et ça roulera tout seul !

Caleb hocha la tête et murmura un « merci » timide, puis il prit son sac à dos ainsi que le fusil d'assaut. Tout le monde était fin prêt. Ils allaient pouvoir se mettre en route pour la tuerie de l'année !

Le *Musée Rodin* était un endroit somptueux en général, mais pour l'occasion, il avait été décoré avec beaucoup de goût. Tous les visiteurs ayant décroché le *saint-graal* leur permettant l'accès au défilé étaient aux anges et en oubliaient tous les tracas du quotidien.

Mais les organisateurs, un peu trop naïfs et confiants, n'avaient pas pris la mesure de la menace qui planait au-dessus des Parisiens.

Au lieu de renforcer la sécurité et d'armer les gardes, ils n'avaient rien changé à ce qu'ils avaient prévu et leur suffisance n'allait pas tarder à se retourner contre eux.

Rose et Anton arrivèrent devant les portes cinq minutes après le début des festivités. Ils se présentèrent comme si de rien n'était, une Kalachnikov attachée en bandoulière.

Un premier garde tenta de les empêcher d'entrer, simplement car ils n'avaient pas de ticket.

— C'est une fête privée, je vais devoir vous demander votre invitation, s'il vous plaît.

Rose explosa de rire, Giuliana fit son arrivée derrière eux et tira une balle dans la tête du garde, un silencieux vissé sur son flingue. Le second, qui se trouvait à quelques mètres de là, commença à paniquer et mit la main sur sa radio, mais il tomba sur le sol à la même vitesse que son collège, un joli trou vermeil au milieu du front.

— Ils ne sont pas plus ?

— Pas ici. Mais aux portes, il y en a trois...

Anton tirait les deux cadavres par les bras pour les dissimuler derrière une petite cabine improvisée, destinée à accueillir les deux gardes pendant que le gratin s'éclatait à l'intérieur. Ils avaient râlé depuis qu'ils avaient pris leur poste, ce genre de soirée payait bien, mais ça n'était absolument pas gratifiant. Tous ces riches qui se prenaient pour les rois du monde... De toute façon, Pierre et Antoine n'avaient plus besoin de se poser la question, ils étaient raide morts.

Anton se redressa, passa une main dans sa longue chevelure et fit un signe de tête qui décida les femmes à avancer jusqu'à la grande porte.

Vêtus de noir, les trois tueurs étaient incroyablement beaux, enfin, ils faisaient peur à voir. Pantalon et veste longue en cuir, le noir était la teinte reine de leur défilé.

Les trois agents situés à l'entrée du musée discutaient entre eux et seul Valentin vit les trois personnes avancer à leur rencontre.

— Vous êtes en retard ! Vous pouvez me montrer vos invitations, s'il vous plaît ?

Décidément, ils étaient programmés pour demander à voir les tickets d'entrée, mais ils n'avaient pas été formés pour réellement empêcher les gens d'aller et venir. Ni même pour repérer des armes à feu.

Giuliana leva la main, tira une balle dans la tête de celui qui avait parlé, puis Rose trancha la gorge d'un autre d'un geste vif, tandis qu'Anton se chargeait du dernier. Les trois gardes rendirent leur dernier souffle en même temps, se vidant de leur sang sur les dalles marbrées de ce lieu merveilleux.

Les *Blood Killers* et la cannibale sortirent de leurs sacs à dos des énormes chaînes ainsi que des cadenas tout aussi démesurés. Ils étaient tous les trois prêts à rentrer et à passer à la suite du plan.

Quand Oscar et Caleb montèrent dans l'hélicoptère et que les deux pilotes sous le contrôle des démones le firent décoller, leur estomac remonta dans leur gorge.

— Putain ! J'espère que Lily et Aradia ont suffisamment dosé leur pouvoir ou j'sais pas quoi et que les pilotes vont pas nous faire crasher ! hurla Oscar.

Caleb ne répondit que par un vague hochement de

tête, il avait envie de vomir. Il sentait son estomac se contracter et sa gorge se serrer, pas autant que lorsqu'il étranglait quelqu'un, mais quand même ! De ses deux mains, il s'agrippa à une barre métallique sur le côté de l'appareil et garda le regard rivé vers l'extérieur.

Putain, mais qu'est-ce que c'était haut ! Et si l'hélico se plantait tout à coup ? Qu'adviendrait-il d'eux ? OK, ils ne pouvaient pas mourir, mais ils pouvaient quand même sentir la douleur, non ? Et si leurs corps se faisaient déchiqueter par les pales de l'appareil ?

À cette pensée, Caleb devint tout blanc, plus pâle encore que sa teinte habituelle, ce qui fit réagir Gale.

— Oh, ça va, t'es sûr ?

— Ouais...

En ouvrant la bouche pour répondre, l'étrangleur sentit une remontée et plaqua sa main contre sa bouche, déterminé à ne pas vomir.

— T'as peur en hélico ? T'inquiète pas, ça va aller ! Au pire, on peut pas crever !

Oscar explosa de rire, mais son ami ne le suivit pas sur ce coup-là. Il était incapable de retenir les relents qui lui venaient.

Heureusement, la reine de l'enfer et la démone avaient trouvé des pilotes qu'elles avaient soumis à leur volonté tout en livrant l'hélicoptère aux tueurs. Lily avait sauté de joie lorsqu'elle avait appris le plan des cinq de l'Enfer et avait même pris le temps de se déplacer pour en savoir plus. Les démones devaient initialement être le lien entre la reine et les tueurs lorsqu'ils avaient besoin d'équipement ou de véhicules, mais quand elle avait appris le plan, elle était venue en quelques secondes.

Quelques minutes après leur départ, Caleb et Oscar atterrirent dans le jardin du musée situé à l'arrière de la bâtisse. L'étrangleur sortit précipitamment et rendit l'intégralité de ce qui se trouvait dans son estomac à la seconde où son pied toucha l'herbe. Oscar rit et empoigna son *AK-47* tout en sautant de l'appareil.

— Vous restez là, on arrive vite !

Sans un mot, les pilotes, comme s'ils étaient eux-mêmes pilotés, hochèrent la tête et gardèrent les yeux droits devant.

Caleb s'essuya la bouche d'un revers de manche et se redressa, son arme en main. Évidemment, leur arrivée n'était pas passée inaperçue et cinq gardes arrivaient déjà dans leur direction, tout en contactant les cinq autres à l'avant, sans penser à ceux qui étaient à l'intérieur. Ils ne reçurent forcément aucune réponse puisqu'ils étaient déjà morts.

Sans leur laisser le temps d'avancer plus, Caleb et Oscar tirèrent dans le tas. Sans silencieux. Les fusils d'assaut firent un bruit assourdissant, mais qui fut quand même couvert par la musique qui retentissait à l'intérieur.

Hayes ressentit un frisson s'enrouler autour de sa colonne et un sentiment de puissance l'envahit lorsque les fusils se turent. Il était si simple de tuer quelqu'un avec ce genre d'arme à feu !

Sans se déconcentrer, il avança derrière Oscar et les deux hommes entrèrent par les portes de derrière, puis ils les verrouillèrent à l'aide de chaînes. Anton, Rose et Giuliana s'étaient assurés quelques minutes plus tôt qu'il ne reste plus aucune issue.

Désormais, l'endroit était totalement fermé. Personne n'allait se sortir de cette attaque. Personne.

CHAPITRE ONZE

Il avait été très aisé pour les cinq tueurs de venir à bout des gardes présents à l'intérieur du musée. Premièrement, leur entraînement ne leur avait pas appris à gérer ce genre de situation, ils se retrouvèrent donc dépassés et surtout non armés. Deuxièmement, leurs collègues à l'extérieur avaient commis l'erreur de ne pas les contacter, ils furent donc extrêmement surpris de voir débarquer ces tueurs armés jusqu'aux dents, ou presque.

Dans le bâtiment, il ne restait plus que les richissimes spectateurs, les personnalités publiques et les membres de la maison *Dior* ainsi que leurs modèles. Ah, et une assourdissante musique pop qui commençait à taper sérieusement sur les nerfs d'Anton.

— Éteignez-moi cette merde, bordel ! cria-t-il à ses associés de tueries.

Caleb et Oscar cherchèrent du regard d'où pouvait venir cette musique, jusqu'à ce qu'ils tombent sur une cabine de DJ improvisée. Ils s'y ruèrent et coupèrent tous les fils sans réfléchir, peu sûr de connaître un équipement comme celui-ci.

Au même moment, Giuliana et Rose revinrent des coulisses improvisées, poussant et menaçant les personnes qui s'y trouvaient. Modèles, stylistes, créateurs, couturiers… tous étaient paniqués et avançaient en poussant des petits cris.

Les deux femmes les placèrent avec tous les autres et Anton partit faire le tour de l'établissement, son *AK-47* serré dans les mains. Même si toutes les sorties connues étaient condamnées, ils ne tenaient pas à perdre une seule personne et tous ceux présents devaient mourir. Sans exception. Il fallait donc s'y reprendre à deux fois pour vérifier les salles.

Rose s'avança sur le podium et ordonna le silence d'une manière tout à fait... charmante. Elle tira en l'air quelques balles, le bruit fut assourdissant et suffisamment intimidant pour faire taire toute l'assemblée. À vue d'œil, la Blood Queen aurait dit qu'il y avait deux-cents personnes. Elle en avait oublié environ cent cinquante.

— Maintenant que vous avez enfin fermé vos gueules, on va pouvoir passer aux choses sérieuses !

Dans l'immense salle, Caleb, Oscar et Giuliana étaient placés de sorte à entourer l'immense masse de personnes agglutinées autour du podium. Ils visaient leurs nuques, leurs têtes et étaient prêts à tirer au moindre mouvement.

Et justement, l'un des riches invités pensa, à tort encore une fois, que Caleb était la cible idéale pour tenter de s'échapper. Après avoir chuchoté trois mots à sa compagne, il se tourna vers l'étrangleur lentement, puis bondit dans sa direction pour tenter de le désarmer. Il prit sept balles dans la poitrine et retomba lourdement sur le sol, sous les cris apeurés des autres personnes présentes. Le costume de pingouin était taché de sang, la flaque s'élargissait sous le corps sans vie et personne n'osait plus respirer.

— Tentez encore une chose aussi stupide que celle-ci et nous vous abattrons tous comme des chiens ! hurla l'Anglais.

Caleb gagnait en confiance lorsqu'il tuait, il n'avait même pas réalisé qu'il venait d'offenser sa nouvelle amie, Giuliana. Cette dernière lui fit remarquer son impertinence en se raclant la gorge, un sourcil relevé.

— T'as dit quoi ?

— Pardon, Giu' !

Caleb, gêné d'avoir commis un impair, reprit à l'intention des futures victimes :

— Je vous abats comme des... euh, comme des...

— Comme les merdes que vous êtes !

Giuliana avait de la voix, elle avait hurlé si fort et si gravement que même Caleb avait sursauté face à son intervention. Il la remercia néanmoins d'un sourire et resserra sa prise sur son fusil d'assaut.

Anton revint en tirant une jeune femme par les cheveux, puis il la jeta dans le groupe avant d'annoncer que les lieux étaient désormais bel et bien vides. Les autres pièces du moins, puisque tout ce petit monde était concentré ici, dans la plus grande salle du musée *Rodin*.

Enfin, la partie la plus intéressante et sanglante allait commencer.

Le plan était simple : se répartir équitablement les personnes et les assassiner de manière sauvage, ou rapide. Il fallait penser à ne pas envoyer de femmes vers Caleb, qui n'était pas encore prêt, mais il fallait aussi rappeler à Oscar de ne pas foutre le feu tout de suite et à Giuliana de ne pas garder quelqu'un en vie pour remplir le frigo. Non, tout allait rouler, ils étaient prêts !

Anton s'avança vers un homme et l'attrapa par l'épaule avant de l'envoyer vers Caleb, dont le sourire carnassier faisait froid dans le dos. Le géant recommença plusieurs fois en attribuant à chacun de ses alliés une victime à massacrer.

De concert, les tueurs tranchèrent la gorge de la personne qui leur avait été attribuée et les cris d'horreur redoublèrent d'intensité, se mêlant aux questions incessantes.

Que faites-vous ? Que voulez-vous ? Qui êtes-vous ? Pourquoi faire cela ? Pouvez-vous me laisser partir ? Je ne dirai rien, je le promets !

Autant de phrases inutiles qui ne trouveraient jamais de réponse positive. Les tueurs n'avaient pas que ça à faire.

Avec un rythme parfaitement mené, dans une chorégraphie synchronisée, le Killers Gang massacra des tas de personnes. Oui, des tas, car une fois morts, les *fashionistas*[2] commencèrent à former de magnifiques montagnes de cadavres. Le sang recouvrait le parquet ciré de sa magnificence, rendant les lieux encore plus merveilleux aux yeux de Rose.

La jeune femme était remplie d'une frénésie intense, en transe de bonheur. Elle tranchait des têtes à la pelle, arrachait des bras, des jambes et riait à s'en péter les côtes. Elle était folle de ces tueries et pouvoir enfin goûter à nouveau au sang la comblait de joie.

Anton de son côté était tout aussi heureux, même s'il ne le montrait pas de la même manière. Lui, il grognait et humait cette délicieuse odeur métallique à s'en rendre dingue.

Oscar semblait animé d'une folie certaine, ses yeux étaient exorbités, il tranchait à la pelle grâce à sa nouvelle machette et hurlait de joie. Tuer était une passion pour chacun et commettre cet acte considéré à tort comme barbare les poussaient vers les dernières li-

---

[2] Personne passionnée par la mode, qui suit les nouvelles tendances.

mites de leur folie.

Caleb ne riait pas, il n'en était pas moins euphorique. Son visage fermé ne trahissait en rien ses émotions, mais son regard noir et ses mâchoires serrées reflétaient parfaitement sa folie. La même que les autres à peu de choses près.

Giuliana riait aussi bruyamment que Rose et s'amusait à blesser mortellement plutôt que de tuer immédiatement. Elle aimait tellement voir le sang s'écouler aussi lentement que la vie. Elle aimait la souffrance des Hommes et se délectait d'un bonheur incomparable.

Évidemment, pendant ce carnage, certaines personnes tentèrent de fuir. Elles furent bien vite déçues lorsqu'elles réalisèrent que toutes les issues étaient bloquées. Ils n'avaient pas affaire à des amateurs, nom d'une Diablesse ! Que croyaient-ils, hein ? S'en tirer aussi facilement ? Avec une belle frayeur et un syndrome post-traumatique à gérer ? Non ! Jamais les tueurs ne l'auraient permis.

Oscar Gale se détacha du groupe pour retrouver les fuyards. Il avança dans les autres pièces, recouvert de sang, son arme serrée entre les mains. Puis, il tomba sur un top model, il l'abattit sans attendre. Un riche politicien subit le même sort à quelques secondes d'écart. Arrivé aux portes latérales, il sentit le poids de ses bidons d'alcool à brûler dans le sac à dos.

— Oh, après tout… on aura le temps de s'enfuir.

Il sortit un bidon, repéra du coin de l'œil une actrice cachée derrière un pylône et se dirigea vers elle. Il l'aspergea du liquide à l'odeur forte et la prit par le poignet pour la plaquer contre la porte.

— Tu voulais sortir ?

La jeune femme était en panique. Elle tremblait de tout son long, avait les larmes aux yeux et elle fut incapable de répondre à Gale. Il serra un peu plus fort son poignet.

— Réponds !

— Ou-oui... Par piti-pitié... Laiss-laissez-moi partir... Je vou-vous en supp-pplie...

Oscar se moqua d'elle en riant, puis bloqua son bras dans la chaîne qui maintenait la porte verrouillée. Il recula de quelques pas, traça de jolies lignes au sol et sur les murs à l'aide du liquide inflammable, puis il jeta le bidon vide aux pieds de la jeune femme.

— La pitié, c'est pour les moines.

D'un geste calculé et vif, il craqua l'allumette qu'il avait prise dans sa poche et une jolie flamme vint danser devant ses yeux emplis de folie. Il prit deux secondes pour apprécier le feu, puis il jeta le bout de bois sur le sol trempé.

Comme si la scène était au ralenti, Cara vit retomber l'allumette, puis le feu grandir et s'avancer vers elle. Elle hurla à pleins poumons, la peur s'étant enroulée autour de ses organes. Mais ce ne fut rien en comparaison de la douleur qu'elle ressentit quand les flammes se mirent à lécher son corps.

Aucun endroit n'était épargné, elle souffrait des orteils jusqu'au sommet du crâne et même si elle tentait de se débattre et de retirer son bras de la chaîne, elle en fut incapable. Oscar avait si bien attaché son poignet qu'elle ne put pas s'enfuir.

Le pyromane l'observait cramer, une bosse formée au niveau du pantalon. Le feu était son point faible. Il réussit tout de même, avec difficulté, à retourner à sa tâche auprès des autres, heureux comme un pape d'avoir pu mettre le feu à quelqu'un. Et ce n'était pas fini.

Quand il revint, les montagnes de cadavres s'étaient allongées et les vivants commençaient à être de moins en moins nombreux. Quelques personnes avaient reçu des balles en retrait de l'endroit initial de la tuerie, il se remémora alors avoir entendu des tirs. Quand il était face au feu, rien ne pouvait le faire réagir, il en avait la preuve une nouvelle fois puisqu'il n'avait pas sourcillé en les entendant. Ça aurait pu être n'importe qui... Des flics, le FBI, Interpol, la Reine d'Angleterre, Jésus ?

Il pouffa dans sa fine barbe et reprit en main sa machette afin de découper des têtes, un passe-temps qui faisait fuir toutes ses interrogations.

Après quelques minutes, l'odeur du bois qui brûle atteignit enfin les narines des tueurs. Ils se tournèrent immédiatement vers Oscar et Rose s'emporta très vite :

— Mais tu déconnes !

Elle trancha la gorge de la personne qu'elle tenait entre ses mains et la poussa sur le côté avant de mettre ses poings sur les hanches.

— Oscar ! On avait dit une fois qu'on sort !

— Putain, Gale !

Anton asséna un coup de faucille dans le crâne de l'homme politique en face de lui et le repoussa d'un coup de pied pour décoincer la lame. Le cadavre tomba lourdement sur le parquet.

— Pardon, je n'ai pas pu résister... mais j'ai empêché une femme de s'échapper ! C'est pas rien !

Les tueurs devaient hurler pour se parler tellement les cris de peur des quelques dizaines de personnes restantes étaient assourdissants. Ça commençait à les agacer au plus haut point, surtout Giuliana.

— Ils peuvent pas fermer leurs gueules, putain !

Elle fit passer en un clignement de paupières, son couteau dans sa poche arrière et son fusil d'assaut entre ses mains ensanglantées.

Elle tira dans le tas, quitte à gâcher quelques cadavres.

— LA FERMEEEEEE !

Le silence se fit. Un silence de mort. Une odeur de mort. Une merveille.

— Oscar, pourquoi t'as foutu le feu ? On avait un plan, nom de Dieu !

— Ouais, j'sais ! Pardon, j'ai vraiment pas pu m'empêcher.

— Bon, c'est pas bien grave, le plus gros est déjà fait, on tue rapidement ceux-là et on se tire !

Tous écoutèrent Rose et finirent de trancher les gorges des derniers survivants. À la chaine, un peu comme lorsqu'on travaille dans une usine et qu'on effectue la même tâche répétitive avec une extrême vitesse. Ces gens sont fascinants, ils passent des journées entières à effectuer les mêmes gestes en boucle, rapidement et ce sans jamais faiblir. C'est dingue !

Quand il ne resta plus personne de vivant, que les flammes commencèrent à se faire plus imposantes, les tueurs rejoignirent en deux groupes l'entrée principale et celle de derrière. Oscar déversa l'alcool à brûler sur le porte de devant tandis qu'il envoya à Caleb un autre bidon. Le jeune étrangleur partit vers l'aile ouest et versa le liquide à la hâte avant d'y jeter une allumette.

De retour dans la pièce principale, tous étaient prêts à foutre le camp, par la porte de derrière qui donnait sur les jardins, là où l'hélicoptère les attendait encore.

— C'est toi qui as la clé du cadenas, Gale.

— Ouais.

Oscar fouilla dans ses poches, mais n'en sortit rien.

— Caleb, t'es sûr que tu les as pas prises ?

— Sûr et certain, je n'ai pas touché aux chaînes ni au cadenas.

— Merde !

Avec frénésie, le tueur se mit à fouiller toutes ses poches, son sac et les autres entrèrent dans une colère noire.

— Putain, Gale ! T'as perdu les clés !

La fumée envahissait la salle, les flammes avaient considérablement augmenté la température et Giuliana retira son sac de ses épaules, le laissant tomber lourdement sur le sol. Elle s'approcha du pyromane et le prit par le col, le plaquant contre la porte de sortie. Verrouillée.

— Mais à quoi tu pensais, putain ! T'avais qu'une seule chose à faire et t'as même pas été capable de le faire ! Tu fais vraiment chier, Oscar !

Elle secoua violemment le tueur, puis fut prise d'une quinte de toux.

— Ça va ! J'ai dit que j'étais désolé, on va pas en faire un plat !

Entre deux quintes, elle lui hurla :

— On devrait, oui, connard !

Très vite, tous les tueurs furent entourés par les flammes et même en essayant de briser les carreaux des portes, ils ne réussirent pas à sortir.

— On fait quoi, putain ?! On appelle Lily ?

— Je vois pas d'autre solution !

Rose sortit de son sac le talisman, s'ouvrit la main

avec sa hache déjà ensanglantée et invoqua Lily.

Cette dernière n'allait pas être ravie de devoir intervenir, mais ils n'avaient vraiment plus le choix. Leur immortalité ne les épargnait pas de la douleur et celle du feu était réellement insupportable. Gale le savait bien.

CHAPITRE DOUZE

La reine de l'Enfer commençait sérieusement à se demander ce qu'il lui avait pris de monter un tel plan. Outre le fait que dès les premières heures, les tueurs l'avaient embêtée pour qu'elle reprenne Albert Fish, ils n'arrêtaient pas de la contacter pour tout et n'importe quoi. D'abord de nouvelles armes, ensuite des cordages, puis un hélicoptère... non, mais sérieux, ils n'auraient pas pu y penser dès le début ?!

Et là, alors qu'ils étaient supposés ne plus avoir besoin d'elle, ils la rappelaient encore ! Elle en avait sa claque et avait l'impression de jouer à la mère de famille. Horrible.

— Qu'est-ce qu'ils veulent encore, putain !

Deathly, qui savait pertinemment que la reine était à cran, fit s'allumer un écran où elles virent toutes les deux les tueurs. Ils étaient dans une sacrée merde ! Les flammes les envahissaient dans le musée *Rodin* et ils étaient pris de violentes quintes de toux. Anton était le seul avec Caleb à tenter de fracasser la porte, malgré l'énorme cadenas.

Lily laissa échapper un petit rire moqueur.

— Rappelle-moi pourquoi je les ai choisis, déjà ?

Bloody rit à son tour et secoua la tête de désespoir.

— Ils ont été bons de leur vivant. Je suis pas certaine qu'on puisse en dire autant maintenant.

Toujours en riant, la reine sortit de sa baignoire de lave et fit apparaître autour d'elle des vêtements. Toujours du cuir, rien que du cuir, elle en était folle.

— J'imagine qu'ils appellent pour que je les sorte de là.

— Oui, ils ont l'air paniqués. Ils ont compris qu'ils pouvaient pas mourir une deuxième fois ?!

— Mourir, non, mais souffrir oui. Tiens, laissons-les brûler. On ira les sortir après.

— Mais, ma reine, vous n'avez pas peur que la police débarque ?

— Si c'est le cas, on les fera disparaitre, t'inquiète, Bloody.

La reine fit apparaître un fauteuil capitonné et s'installa dessus avant de créer également une boîte de pop-corn au piment. Elle n'y pouvait rien si elle aimait autant la torture et la mort. Regarder ses cinq tueurs commencer à étouffer, à suffoquer et tenter de repousser les flammes avec leurs sacs… c'était tellement plaisant pour elle. Tellement pathétique pour eux.

Cette femme n'avait aucune limite, les sentiments qu'elle ressentait étaient en lien avec la torture et la mort, parfois même les viols. Oh et bien sûr, les sentiments en question n'avaient rien à voir avec une quelconque culpabilité. Elle ne ressentait que plaisir et allégresse. Elle savoura donc ses pop-corn sans détacher son regard de l'écran et de ses tueurs, qui étaient en train de cramer. Un régal !

Ça faisait déjà une demi-heure que le feu s'était propagé, les tueurs en série étaient recouverts par les flammes, mis à nu par leurs vêtements qui se désintégraient sous l'effet des flammes. La douleur pour eux était insupportable et même s'ils essayaient de ne pas hurler, ils ne pouvaient s'empêcher de laisser sortir quelques gémissements et larmes. L'odeur aussi était immonde, les cadavres qui brûlent, leur peau qui crame… c'était juste dégueulasse et certains en avaient des haut-le-cœur.

Sauf Oscar évidemment qui, en aimant à ce point le feu, avait appris à apprécier cette odeur. Elle lui rappelait de si bons souvenirs !

— Putain, mais qu'est-ce qu'elle fout, la reine ?

Caleb se tordait de douleur, une main pour dissimuler son sexe et affalé contre un pan de mur en bois qui brûlait derrière lui. Il n'en pouvait plus. Évidemment, s'ils n'avaient pas été déjà morts, les flammes et la fumée les auraient tués depuis un moment. Mais là, ils ne subissaient que la douleur, sans la libération que la mort apportait habituellement.

Soudain, alors que Rose laissait échapper un nouveau cri de douleur, des sirènes de pompier et de police se firent entendre. Merde ! Ils allaient être découverts !

— Et là, on fait quoi ?! On est à poil, putain de merde !

— C'est à ça que tu penses en premier, Anton ? On est surtout enflammés et plutôt vivants, au milieu de centaines de cadavres !

Giuliana était enragée. La douleur lui faisait serrer les dents et redoubler de colère. Pourquoi Lily les abandonnait-elle ainsi ?!

Et puis, au milieu des flammes, un nuage noir apparut et Lily s'avança, faisant taire le feu dans un rayon de quelques mètres.

— Putain, c'est pas trop tôt ! Les flics arrivent !

— Je sais. Je vous ai observé et je dois dire que je suis un peu déçue. Qu'est-ce que vous avez foutu pour rester coincés ?

En colère, Rose répondit à la question de la reine :

— C'est Gale qui a perdu la clé du cadenas !

— J'ai déjà dit que j'étais désolé, putain !

La reine explosa de rire, puis leva la main pour briser la chaîne sans même la toucher. La porte s'ouvrit. Les tueurs auraient dû la remercier, mais aucun n'osa prononcer le moindre mot, ni même bouger d'un poil.

— Si je vous ai laissé ici si longtemps c'était pour que vous compreniez la leçon.

D'un autre geste de la main, la reine rhabilla tous ses tueurs et même leurs sacs à dos se matérialisèrent sur leurs épaules. Les blessures dues au feu s'étaient totalement volatilisées elles aussi.

Caleb se sentit extrêmement soulagé et poussa un soupir de soulagement avant d'en demander plus à Lily.

— Quelle leçon ?

— Je vous ai fait revenir pour une bonne raison, je vous ai demandé de foutre un max de bordel, de buter le plus de personnes et de causer le chaos. Vous êtes censés être des professionnels, je vous ai choisi parce que vous faisiez partie des meilleurs de votre vivant, alors pourquoi n'êtes-vous plus capable de l'être ? Vous manquez de concentration ! Si vous n'étiez pas déjà morts, vous auriez perdu la vie très connement dans ce musée ! Alors… concentrez-vous, nom d'une diablesse ! Je n'ai pas que ça à foutre de réparer vos conneries !

La reine était en colère, ses mots résonnèrent en Caleb et Oscar, qui baissèrent la tête. Les trois autres serrèrent les dents et se contentèrent d'acquiescer d'un hochement de tête.

— Partez avant que la police soit là et préparez-vous, vous partez bientôt à Rome.

Tous écoutèrent la reine et rejoignirent l'hélicoptère dans le jardin, trop éreintés par la fatigue et le souvenir de la douleur pour tenter de discuter.

Les pilotes firent décoller l'engin et en quelques minutes, les tueurs rejoignirent l'hôtel particulier au cœur de Montmartre.

Sans dire un mot, ils partirent tous prendre une longue douche, un bain pour certains et se remirent en question chacun de leur côté.

Rose et Anton n'eurent même pas envie de faire l'amour, ils se contentèrent d'une douche fraîche pour lui et d'un bain tiède pour elle. Quand le Blood King sortit de la salle de bain, il enroula une serviette autour de ses hanches et s'installa sur le fauteuil en face de la baignoire. Rose avait balancé sa tête en arrière, tourmentée par les mots de la reine.

— Tu crois qu'on a perdu tout notre savoir-faire ?

— Non, c'est pas notre faute, là. Te remets pas en question, *detka*, t'as été parfaite.

La brune releva la tête vers son tueur préféré et pinça les lèvres, peu convaincue par sa réponse.

— Non, loin de là, même. J'aurais dû penser que dans le feu de l'action on aurait pu perdre les clés. J'aurais dû prévoir, je le faisais toujours...

Avec tout l'amour qu'il portait à cette femme, Anton remonta son menton et la força à le regarder dans les yeux. Un sourire se dessina sur ses lèvres, entourées de sa barbe fournie.

— Tu fais des jeux de mots sans t'en rendre compte, *detka*.

— C'est pas drôle, Anton. J'ai perdu ce qui faisait de moi la *Blood Queen*.

— Non, arrête de te tourmenter. Tous tes meurtres se sont passés à merveille. Tu es parfaite, tu es terrifiante, tu es une tueuse impitoyable. Mais quand on s'associe à d'autres personnes, on peut pas savoir à l'avance comment ça se passera avec eux. Oscar a commis une erreur...

— Une sacrée erreur, putain !

— Oui, mais on s'en est sortis. Servons-nous de tout ça pour mieux rebondir, OK ?

À contrecœur, Rose hocha la tête et lorsque la bouche de son *King* se posa sur la sienne, elle retrouva enfin le sourire.

Elle savait ce qu'elle faisait, elle devait se concentrer un peu plus et anticiper les erreurs possibles de ses alliés. Ainsi, tout se passerait au mieux.

Dans le même temps, Oscar se fustigeait lui-même pour cette erreur de débutant. Il n'aurait jamais dû perdre cette fichue clé, jamais ! La tête entre les mains, l'eau s'écoulant sur son corps meurtri, il se jura de ne plus jamais commettre d'impair. Il avait la chance d'être de retour sur terre pour faire ce qu'il aimait le plus, il n'allait tout de même pas tout gâcher, si ?

Caleb s'était déjà rhabillé, sa douche avait été rapide et la faim l'avait pressé. Être brûlé, mis à nu par les flammes l'avait rendu triste, mais surtout ça avait renforcé son manque de confiance en lui. Il avait bien vu les corps de ses camarades masculins, ils étaient bien plus imposants que lui...

Il se sentait tellement insignifiant à côté de ces deux mecs...

L'étrangleur se servit une assiette de *penne* que Giuliana avait cuisiné avec quelques légumes et la réchauffa rapidement avant de s'installer sur une table dans la salle à manger. Il avait perdu le sourire qu'il avait pourtant retrouvé durant ces quelques jours.

Giuliana le remarqua au moment où elle mit le pied au rez-de-chaussée. Sa première pensée fut de s'en foutre, de rejoindre la cuisine pour se préparer un délicieux repas. Mais face à la détresse du jeune homme, elle ne put s'empêcher d'aller le voir.

— Ça va, Hayes ?

— Mouais...

Ça n'allait pas être simple de discuter avec lui s'il gardait la tête baissée, appuyée sur son poing. Elle prit place en face de lui sans cesser de le regarder.

— T'es sûr ?

Il n'en fallut pas plus pour que le jeune homme réagisse et redresse la tête.

— Comment ça pourrait aller ? C'était une catastrophe...

— Non, je n'ai pas trouvé. Tu t'en es vraiment bien sorti.

— Je ne suis pas à la hauteur d'Anton et Oscar...

— Pourquoi dis-tu ça ? T'en as tué autant qu'eux et tu n'as commis aucune erreur.

— Mais je ne fais pas le poids ! Regarde-moi... Ils sont plus vieux, plus expérimentés, plus forts, plus grands... ils savent tout plus que moi.

Giuliana comprit que le manque de confiance de Caleb était infini, il le dévorait de l'intérieur et le poussait à croire qu'il ne valait rien. Grossière erreur.

— Caleb, arrête ça immédiatement. Tu es à la hauteur, tu es plein de ressources et tu as une force incroyable. Ne te compare pas à eux, tu as ta propre façon d'être et c'est ça qui a décidé Lily à te choisir. Crois-tu qu'elle t'aurait ramené si tu n'étais pas à la hauteur ?

— Je ne sais pas… Elle peut se tromper.

— Tu sais, je pense que tu devrais éviter de dire ça. Elle n'apprécierait pas. Je suis certaine qu'elle fait partie de ceux qui ne commettent jamais d'erreur. Elle ne l'a pas fait avec toi, tu as ta place parmi nous, tu es un excellent tueur, cesse de douter de toi. D'accord ?

Caleb sentit une boule d'émotion grossir dans sa gorge, il la ravala en acceptant la tendre caresse de Giuliana sur sa main. Ces quelques mots lui réchauffèrent le cœur et il se sentit un peu mieux. Après tout, la cannibale avait raison, la reine de l'Enfer ne commettait jamais d'erreur et elle savait pertinemment, elle aussi, que Caleb Hayes était à la hauteur.

Sa colère et sa rage renfermaient une folie que Caleb lui-même ne connaissait pas encore. Il ne l'avait jamais expérimentée, mais Lily savait qu'elle se manifesterait très bientôt.

Le voyage continuait…

CHAPITRE TREIZE

Rome, la capitale de l'Italie, ce magnifique pays d'où venait Giuliana Moretti. Les tueurs s'y étaient installés depuis une semaine et profitaient d'un hôtel somptueux à deux pas du Vatican. Cet endroit n'avait pas été choisi au hasard et, pour le plus grand plaisir de Lily, il allait être le théâtre de leur prochain assaut.

Attablés au rez-de-chaussée, heureusement libéré de tous les autres clients classiques, les tueurs discutaient de leur plan avec ferveur. À la fois impatients et apeurés par cette idée brillante.

— Attaquer le plus important édifice religieux du catholicisme… je ne sais pas, ça semble effrayant, non ?

Malgré sa haine des autres, le chemin qu'avait pris Giuliana, elle continuait parfois de craindre Dieu et ses représailles. Anton la fit redescendre sur terre.

— Qu'est-ce qu'on craint de plus ? On est morts et aux mains de l'Enfer. On va pas nous faire un deuxième trou au cul !

Tout en finesse, comme toujours avec Anton Medvedev. Oscar semblait d'accord avec Giuliana, c'était même devenu une habitude chez lui et les autres se demandaient de plus en plus ce qu'il se passait entre les deux tueurs. Caleb s'en fichait et tirait sur sa cigarette avec nonchalance, une habitude très récente. Rose de son côté, avait déjà exposé le plan, elle n'avait pas à cœur de le justifier.

— Peur ou non, c'est le plan que je propose. À vous

de voir.

Agacée, elle se leva et quitta la salle à manger pour rejoindre sa chambre. Depuis l'épisode du musée Rodin, elle avait le moral en berne et peinait à trouver du sens dans cette tâche donnée par la reine de l'Enfer. Elle avait l'impression de ne pas être à la hauteur et d'avoir perdu tout son talent, tout ce qui faisait d'elle la terrifiante *Blood Queen*.

Avec nostalgie, elle se remémora tous ces meurtres, du premier dans cette ruelle de Chicago, au dernier, son homme dans cette maison en Louisiane...

Elle en avait vécu des péripéties et rien ne l'avait préparé à tout ça, même si elle avait longtemps cru le contraire. Pendant ses longues années de préparation, d'anticipation, elle pensait être prête à parer à n'importe quelle éventualité. Jusqu'à ce qu'elle rencontre Anton.

Lui, c'était l'équation inconnue qui avait envoyé valser les règles qu'elle s'était fixées. Presque toutes, mais surtout la plus importante : ne s'attacher à personne. Elle avait commis cette erreur avec June et elle l'avait regretté. Profondément.

— *Detka*, ça va ?

Comme toujours, ce fut Anton qui vint l'aider à revenir sur terre. Cet ours barbu et bordélique avait beau adorer la mort et le sang, il était prêt à tout pour Rose. C'était la femme de sa vie, la femme de sa mort. Il était tombé irrémédiablement amoureux d'elle et rien ni personne ne pourrait jamais changer cela. Il n'avait d'amour que pour elle, elle était la seule et l'unique.

En avançant vers sa Blood Queen, il posa sur elle un œil inquiet. Elle avait les mâchoires serrées, les poings fermés et il comprit immédiatement qu'elle était à bout de nerfs.

— Qu'est-ce que t'as ?

— J'en ai ma claque de tout ça ! Je pensais que ce serait marrant, qu'on tuerait des gens à la pelle et qu'on vivrait une sorte de lune de miel ! Au lieu de ça, l'autre cannibale et son pyromane me font chier pour une putain d'église ! Ils vont me rendre folle.

— Du calme, ils ont fini par accepter, y'a pas de problème.

Rose releva la tête vers son King avec surprise, ils avaient accepté ? Alors pourquoi emmerder le monde avec dix minutes de négociation ?

— Ils sont d'accord ?

— Ouais, je leur ai dit que pour rentrer dans les petits papiers de la reine et pouvoir espérer lui demander des faveurs, c'était le mieux à faire.

— Évidemment, je n'y ai pas pensé pour rien.

D'un geste lent, ce qui était très inhabituel de l'homme, Anton releva le menton de Rose et la força à s'apaiser. En général, leurs peaux qui entraient en contact et leurs regards plantés l'un dans l'autre suffisaient.

— T'es brillante, *detka*, ils devraient tous se prosterner devant toi et tes idées. Ne les laisse pas t'ébranler.

— Je sais, je devrais m'en foutre, mais en dehors de toi, je n'ai jamais présenté de plan à qui que ce soit. Je dois le faire du jour au lendemain devant trois personnes que je ne connais presque pas et qui osent remettre en question ce que je propose.

— Ce n'est pas ça, tu le sais.

— Pardon ? Tu les défends ?

— Bien sûr que non ! Je dis juste qu'ils ne remettent pas en question tes plans, mais leur capacité à aller au bout.

Rose souffla de mécontentement. Même si cette explication tenait la route, elle la trouvait agaçante. S'ils avaient été choisis, ils allaient devoir commencer à se montrer à la hauteur des exigences de Lily et de celles de Rose. Elle n'avait pas envie de faire équipe avec des personnes en plein doute existentiel.

— Il va falloir qu'ils se ressaisissent parce que j'en ai ma claque de bosser avec des tueurs en manque de confiance !

— T'inquiète, tout ira bien. On va les mettre au pli.

Anton donna un baiser à sa bien-aimée, puis il l'allongea sur le lit et profita de ce moment de calme pour lui démontrer son amour une nouvelle fois.

Rose était loin de se douter qu'au même moment, Caleb était justement en train d'opérer un changement chez lui. Une modification qui reflèterait bien mieux le nouveau lui, ce tueur quasi impitoyable qui adorait semer la mort autour de lui.

Pour leur voyage jusqu'en Italie, les tueurs avaient demandé de nouveaux outils et accessoires, via une liste qu'ils avaient transmise au niveau inférieur de la terre. Ils avaient tout obtenu dans cet hôtel lorsqu'ils y avaient été téléportés.

Dans sa liste, Caleb avait demandé une tondeuse électrique et s'apprêtait à s'en servir. Face au miroir, il enclencha le bouton marche et passa une main dans ses longs cheveux noirs. Il était temps de changer de tête, il ne voulait plus refléter ce qu'il avait été de son vivant puisqu'il avait énormément évolué depuis son retour sur terre.

Déterminé, il inspira un grand coup, puis plaqua

l'engin sur son crâne et commença à raser. Les mèches retombaient dans l'évier en dessous de lui et petit à petit, il eut le crâne complètement rasé. Il éteignit la tondeuse et s'observa une minute.

Son visage fin et anguleux semblait plus osseux avec une telle coupe, mais il n'en eut cure. Il aimait ce qu'il voyait même si c'était quand même étrange de se voir ainsi après tout le temps qu'il avait passé de sa vie et sa mort avec les cheveux mi-longs.

Caleb venait de tourner une page de son passé, il venait de mettre fin à qui il était avant et il comptait même aller plus loin, dès qu'il en aurait l'occasion. En attendant, il enfila un pantalon noir, une chemise blanche ainsi que des chaussures de ville vernies. Le nouveau Caleb n'avait pas uniquement changé de look, de coupe de cheveux, le nouveau Caleb se sentait enfin prêt à passer à l'étape supérieure de l'horreur des meurtres. Celle qu'il avait toujours refusée.

Oscar et Giuliana, restés à la salle à manger, observèrent une nouvelle fois la tablette de la tueuse à la hache. Ils devaient être honnêtes, ce plan était démoniaque et allait poser un maximum de problème aux humains. Leur intervention à la *Fashion Week* de Paris ayant déjà fortement ébranlé les esprits...

Dans tous les journaux, la peur transpirait. Tout le monde se demandait où et quand allaient frapper ceux qu'ils appelaient les terroristes. Ils avaient volontairement laissé une semaine passer afin de calmer les esprits, dans le seul but de les échauffer plus violemment encore la prochaine fois.

Et cette fois-ci, ils comptaient bien faire savoir qui ils étaient. De quelle façon ? À en croire le plan de Rose, en laissant trois personnes s'enfuir pour reporter des témoignages. Giuliana ne savait pas si elle trouvait cette idée géniale ou débile. Elle était très partagée dans ses pensées et ses émotions.

Et Oscar n'y était pas pour rien. Le pyromane réveillait en elle des sensations oubliées, qu'elle n'avait ressenties que lors de séances de torture. Deux fois dans sa vie.

Le chauve au ventre rebondi n'était pas non plus insensible au charme de la grande Italienne aux cheveux longs. Il observait souvent son corps se mouvoir et humait discrètement son odeur de basilic. La tueuse passait tellement de temps en cuisine qu'elle en avait pris la senteur des aliments, pour le plus grand plaisir de Gale.

Assis côte à côte, les deux tueurs sentaient la tension sexuelle grimper entre eux, mais aucun ne fit le premier pas. Giuliana ne voulait pas s'abaisser à une chose aussi primaire et Oscar craignait de brusquer la cannibale.

Alors, ils parlèrent du plan, sans se quitter des yeux. Le cœur battant la chamade, le souffle de plus en plus court… Giuliana commençait à s'imaginer en train de grimper sur Oscar. Elle se voyait lui retirer ses vêtements et lui offrir son corps. Elle l'imaginait en train de lui donner de violents coups de reins…

— Tu m'écoutes ?

La cannibale secoua la tête, reprit ses esprits et dut admettre qu'elle n'avait rien écouté.

— Tu disais quoi ?

— Je pense que ce serait bien qu'on se place à droite, juste ici.

Du bout du doigt, Oscar montra l'endroit que leur avait désigné Rose un peu plus tôt. Giuliana acquiesça, mais elle ne put sortir de son esprit toutes les idées salaces qui lui venaient en tête. Et ailleurs.

La chaleur lui montait aux joues, dans le creux du ventre et même dans les reins. Elle voulait tellement de ce contact que même son corps lui envoyait des signaux. Foutu corps !

— Giu', t'es sûre que ça va ?

— Ouais, pourquoi ?

— T'es toute rouge et...

Oscar, loin de s'imaginer que le tourment qui l'animait avait également pris possession de la tueuse, posa sa main sur son front.

— ... t'es toute chaude.

Ces trois derniers mots firent flancher l'esprit pourtant inébranlable de Giuliana et cette dernière se jeta sur Oscar, habitée par un désir qu'elle ne connaissait pas vraiment.

Les mains du pyromane trouvèrent très vite les fesses de la cannibale et leurs corps en chaleur finirent bien vite par se trouver nus l'un contre l'autre, au beau milieu de la salle à manger commune aux cinq tueurs.

Avec frénésie et envie, ils entrèrent en connexion, sous les yeux ébahis de Caleb qui redescendit au pire moment possible.

Comme il ne voulait pas les déranger, il se faufila le plus discrètement possible jusqu'à l'extérieur et alla marcher un peu dans les rues de Rome. Avec un peu de chance, il trouverait quelqu'un à tuer et pourrait ainsi combler sa frustration.

Avec un peu de chance.

CHAPITRE QUATORZE

Le jour était venu, ce dimanche allait être marqué dans l'esprit des croyants d'une pierre rouge, comme le sang qui allait couler. Pour des raisons évidentes de sécurité, Bloody était remontée de l'Enfer, avait enfilé son apparence humaine, et accompagnait les tueurs à l'intérieur du Vatican.

Évidemment, personne ne pouvait rentrer ici avec des armes, sauf si une démone ultra puissante pouvait entrer aussi et user de sa magie pour dissimuler les *AK-47*, les grenades et les armes de poing. Ce fut grâce à Caleb que le *Killers Gang* trouva cette idée. Lors de sa petite promenade trois jours plus tôt, alors que ses camarades s'adonnaient aux plaisirs de la chair, il avait repéré l'entrée du Vatican et il avait remarqué que tous les visiteurs étaient fouillés à l'entrée, ce qui avait failli le décourager.

Jusqu'à ce qu'il se souvienne des mots de Lily qui disaient que tout était possible. Alors, dès son retour, il avait présenté le problème au reste de la bande et il avait apporté la solution dans la foulée. Évidemment, la reine elle-même ne se montra pas, elle envoya néanmoins son bras-droit, ce qui montrait la confiance qu'elle avait en ce plan.

Bloody, sous sa forme humaine, était très charmante, parfaitement au goût de Caleb. Brune aux yeux clairs, elle avait les cheveux coupés au carré et des formes féminines parfaites. Sa poitrine rebondie et serrée par des lanières de cuir avait tendance à déconcentrer le jeune homme, lui qui haïssait pourtant les hommes qui regardaient les femmes comme des bouts de viande. Là, il avait l'impression d'être justement en train de faire tout ce qu'il méprisait.

Mais Bloody n'était pas comme les autres et à chaque fois qu'elle surprenait le regard de Caleb sur ses courbes, elle le gratifiait d'un clin d'œil aguicheur. Avait-elle craqué pour lui ? Désirait-elle autre chose avec l'étrangleur ? Qu'espérait-elle ? Avait-elle seulement le droit de s'amouracher d'un mort ?

Aux portes du Vatican, la démone glissa sa main dans celle de Caleb, ce qui lui arracha un frisson.

— Tu es prêt, l'étrangleur ?

— Oui.

Il dut redoubler d'efforts pour réussir à prononcer ces mots et se maudit de ne pas arriver à être plus loquace. C'était le moment où jamais d'essayer d'apprendre à connaître Bloody... mais pour mener à quoi au juste ?

La démone se tourna vers les autres, tous affublés de longs manteaux et de sacs à dos remplis d'armes en tous genres, et leur fit signe d'avancer. Au moment où ils passèrent les portiques de sécurité, elle embobina les esprits des personnes présentes afin qu'ils ne se rendent compte de rien, ni des portiques qui hurlaient ni des armes accrochées autour des épaules des tueurs.

Une fois à l'intérieur de la cité, ils avancèrent tous d'un pas décidé vers la *Basilique Saint-Pierre*. Normalement, Bloody aurait dû les laisser aux portes de celle-ci, mais elle décida qu'elle aussi avait envie de s'amuser et pénétra à l'intérieur le sourire aux lèvres.

Normalement, les tueurs avaient prévu de tirer dans le tas, laissant volontairement partir trois personnes. Mais comme Bloody était là et que ses pouvoirs étaient puissants, ils pourraient faire plus. Mieux.

— Je bloque toutes les sorties, amusez-vous !

Un éclair de joie passa dans les yeux de Rose et Anton et ces derniers rabattirent leur fusil d'assaut sur l'épaule avant de se saisir de haches et d'une faucille.

Oscar et Giuliana, sans un regard ou presque l'un pour l'autre, sortirent des machettes et se dirigèrent à l'opposée de la direction empruntée par les *Blood Killers*.

Caleb resta immobile, les yeux plantés dans ceux de Bloody. Son cœur battait la chamade, il découvrait une nouvelle émotion, un nouveau désir, celui de tuer avec une femme. Non, avec cette femme, ou démone, peu lui importait ce qu'elle était.

— Tu veux un couteau pour te joindre à la fête ?

Bloody se mordit la lèvre, excitée par cette proposition, puis leva la main et fit apparaître une sorte d'épée.

— J'ai ce qu'il faut, Hayes.

Caleb sentit un frisson d'envie lui parcourir l'intégralité du corps, il n'avait jamais vu une telle femme. Avec la fièvre au corps, les deux se dirigèrent vers les personnes affolées, au milieu du massacre qui avait commencé.

La basilique était pleine à craquer, des fidèles, des touristes, mais aussi des hommes d'Église. Quand les premiers coups de lame s'abattirent sur ses pauvres âmes innocentes, le Cardinal Antonio Greco retint un cri d'horreur et se fit embarquer par l'un de ses évêques afin de se mettre à l'abri de l'attaque. Son chapelet en main, le cardinal releva une seconde la tête et l'horreur qu'il vit au sein de cette merveilleuse basilique qu'il affectionnait tant lui vrilla l'estomac.

— Cardinal Greco, il faut faire évacuer les fidèles ! Pouvons-nous emprunter le passage latéral ?

Antonio avait du mal à réagir, il était propulsé dans l'un de ses pires cauchemars, le premier étant d'être possédé par l'esprit du mal.

— Cardinal ! Je vous en supplie, il faut que nous aidions les nôtres !

— Oui, pardonnez-moi... Il faut attirer leur attention et courir jusqu'à la porte.

— Bien, allons-y !

Courageux, l'évêque se releva et se mit à la vue de tous en sortant de sa cachette. Il appela les fidèles à proximité de lui avec confiance, ils se trouvaient tout de même à une grande distance des hommes du diable qui étaient entrés dans la basilique.

— Venez par ici ! héla-t-il.

Les fidèles répondirent à l'appel et, plus ou moins discrètement, ils rejoignirent l'évêque.

Mais Bloody ne laisserait pas passer cela, en ayant commencé à tuer, elle avait réveillé sa soif de mort et de chaos. Cette soif qui s'étanchait à peine lorsqu'elle torturait les âmes en enfer. Même si elle savait les issues condamnées, elle lança une lame en direction de l'évêque. Celle-ci, longue de bien cinquante centimètres, s'enfonça dans le dos de l'homme et ressortit par sa poitrine. Il s'effondra instantanément sur le sol, sous les cris horrifiés des fidèles et du cardinal.

Antonio se laissa glisser sur le sol, non loin du corps sans vie de l'évêque et resserra sa prise sur son chapelet.

Caleb et Bloody arrivèrent à son niveau, tandis que les autres personnes s'étaient éparpillées.

— Tiens, tiens, penses-tu qu'il te sauvera ?

La voix de Bloody avait changé, elle n'avait plus la même intonation chaleureuse qu'appréciait tant Caleb. Elle avait ce petit quelque chose d'horrifique, de terrifiant. Mais il adora cela. Il trancha la gorge d'un homme qui se croyait en sécurité derrière un banc, puis tendit l'oreille pour percevoir la réaction du cardinal lorsqu'il lèverait les yeux vers la démone.

La tête penchée sur le côté, son couteau dégoulinant de sang le long de sa jambe, Hayes se mordit les lèvres en observant Bloody avancer vers l'homme tétanisé. Ce dernier n'avait pas encore ouvert les yeux, la peur paralysant tous ces muscles.

Quand il le fit, il ressentit l'horreur s'insinuer dans toutes les cellules de son corps.

— *Il demonio*[3]...

Caleb observait la scène avec une certaine excitation, celle de voir une femme — démone —, aussi merveilleuse que Bloody, mais aussi celle de lire et ressentir la peur du cardinal. C'était si grisant !

L'étrangleur sortit une cigarette et la démone releva les yeux vers lui avec un sourire espiègle au coin des lèvres.

— Et si on le laissait sortir pour avertir les autres ? Quelque chose me dit que la mort sera trop douce en comparaison du souvenir...

— Tu es machiavélique, Bloody.

— Et je suis sûre que c'est pour ça que je te plais.

Malgré l'assurance qui habitait Caleb lorsqu'il était au milieu d'une tuerie, celle-ci se dissipa et laissa place au jeune homme timide qu'il était. Il ne réussit pas à répondre et se cacha derrière sa clope.

---

3 Le démon en italien.

Bloody, amusée par cette douce timidité, lui fit un clin d'œil et attrapa le cardinal par la gorge. Elle lui montrait son vrai visage, le visage rouge, strié de noir, les cornes et les yeux jaunes.

— *Cardinale, vada a dire alla sua che siamo tornati di sopra.*[4]

Caleb trouva que la langue résonnait comme une douce mélodie à ses oreilles, plus encore que les supplications des fidèles qui continuaient de se faire massacrer dans son dos.

Bloody fit avancer l'homme tétanisé jusqu'à l'immense porte principale et interpella Rose, qui était recouverte de sang et riait frénétiquement.

— Rose, ma douce, envoie-moi deux autres personnes !

La Blood Queen, amusée par ce surnom qui ne lui correspondait en rien, sélectionna une femme ainsi qu'un jeune homme parmi les vingt personnes recluses dans la partie gauche de la basilique. Elle les maintint de ses mains puissantes tandis que son King continuait de faire couler le sang par litres.

— Ça t'ira ?

— Parfait !

En découvrant le visage démoniaque de Bloody, la mère de famille qui était une fervente croyante et le jeune étudiant en voyage frémirent d'horreur. Le cardinal et la femme récitèrent des prières censées éloigner le mal, mais elles ne firent rien d'autre qu'amuser la démone.

— *Spoiler alert*, vos petits trucs ne fonctionnent

---

4 « Cardinal, va dire aux tiens qu'on est remontés » en Italien, selon le traducteur Google, pardon s'il y a une erreur je ne parle pas la langue.

pas contre nous, nous sommes plus forts que votre Dieu, leur glissa Bloody en les soumettant à sa volonté.

D'un geste, la démone ouvrit la porte et balança les trois épargnés au travers. Elle la referma en riant, habitée par la folie qui se trouvait en elle.

— C'est tellement amusant de traîner avec vous, les gars !

En sautillant comme une gamine, elle rejoignit le fond de la basilique, où Caleb l'attendait un sourire brûlant au coin des lèvres.

Pendant une heure encore, ils éviscérèrent, égorgèrent, décapitèrent, démembrèrent dans une joie qui leur était propre. Malgré la présence de la police à l'extérieur, qui tentait par tous les moyens d'entrer, ils poursuivirent leur tâche jusqu'à ce que la dernière goutte de sang soit versée.

Puis, à l'aide de la magie noire de Bloody, ils mirent en scène les cadavres et s'amusèrent à re créer une scène de baptême dans la joie et la bonne humeur. Les rires qui parvinrent de l'intérieur firent frémir la police, les fidèles et les membres de l'Église, mais ils étaient loin de se douter de l'horreur qui les tétaniserait à l'ouverture des portes...

Le *Killers Gang*, accompagné de Bloody, rejoignit fugacement l'hôtel pour prendre une douche, un bon repas et procéder à un débriefing chaleureux. Quand ils eurent fini, ils se téléportèrent vers une nouvelle destination ensoleillée : le Portugal !

CHAPITRE QUINZE

Lisbonne était une ville fascinante. Même si les tueurs n'étaient pas là pour le tourisme, ils se délectaient de la beauté architecturale par la fenêtre de l'hôtel qu'ils occupaient. S'ils n'avaient pas à leur disposition des humains sous contrôle mental, l'on aurait pu croire à un voyage entre amis. Et si l'on omettait aussi les meurtres de masse.

Installé à la plus grande table du restaurant, le *Killers Gang* discutait de la prochaine tuerie avec entrain et bonne humeur. Giuliana leur avait préparé un délicieux repas, exclusivement végétarien avec option cannibale pour ceux qui le souhaitaient.

Rose et Oscar avaient grignoté avec appétit les brochettes que l'Italienne avait préparées, mais Anton hésitait encore et Caleb n'était pas du tout intéressé.

— Mais c'est genre, vraiment bon ? Vous faites pas semblant ?

— Pourquoi on ferait semblant, chéri ? T'ai-je une seule fois menti ?

— Non, jamais. Mais j'ai peur de pas aimer.

— J'te rassure, c'est excellent et en plus, merveilleusement cuisiné par notre chef ! rajouta Oscar.

Il lorgna Giuliana avec envie, pas celle de la viande, ce qui la mit mal à l'aise et elle répliqua donc d'une petite tape sur l'épaule.

— Je te force pas, Anton, mais je l'ai cuisiné avec des épices, des herbes et grillé à la flamme.

— Mouais.

Anton prit une brochette entre les doigts. Pour être

honnête, s'il voulait manger ça, c'était surtout parce qu'il en avait marre du régime végétarien qu'imposait Giuliana. Elle avait interdit à quiconque de ramener de la viande sur leurs lieux de résidence et avait prévenu que le premier qu'elle verrait avec un animal mort en bouche prendrait un coup de machette en plein crâne. Oui, Giuliana aussi adorait la machette depuis peu.

— Allez lance-toi, tu vas adorer !

Rose reprit une brochette et mordit dedans avec appétit, elle se délecta de la texture autant que du goût et accompagna le mets par la salade de tomates, d'oignons et de concombres. Un délice !

— Et puis, merde !

Anton avait bien trop faim, il ne pouvait vraiment plus se contenter de légumes. Il croqua dans la viande sans aucune appréhension et fut agréablement surpris de trouver ça délicieux. Il termina la brochette en quelques bouchées.

— C'est excellent, Moretti !

— Je te l'avais dit, Medvedev !

Les deux tueurs rirent et tous terminèrent leur repas dans la bonne humeur. Tous sauf Caleb, à qui Bloody manquait terriblement. Ça ne faisait que deux jours qu'ils étaient là et qu'il ne l'avait pas vue, et pourtant elle lui manquait terriblement. Il voulait la voir au plus vite !

Surtout quand les deux couples sous ses yeux lui rappelaient constamment combien il appréciait la démone. Puisqu'il avait terminé son assiette, il prit une clope et sortit de la salle à manger en serrant les dents. Il en avait assez de ces démonstrations d'affection qui se déroulaient sous ses yeux. Entre Rose et Anton qui se touchaient et s'embrassaient à longueur de journée et Oscar qui caressait la cuisse de Giuliana sous la table en pensant être discret... il en avait ras le cul !

Le jeune homme rejoignit la rue du vieux quartier d'*Alfama* au cœur de Lisbonne et profita de la chaleur des rayons du soleil. La douce brise caressait sa peau et l'odeur iodée s'infiltra par ses narines, lui prodiguant un sentiment de plénitude encore inconnu. Seule la mort avait ce pouvoir habituellement.

Devant l'église de *Santa Luzia*, il profita de la vue qu'il avait sur la mer et fuma sa cigarette en silence. Jusqu'à ce que son vieil ami vienne briser ce calme.

— Hey, qu'est-ce que t'as, gamin ?

— Rien du tout, je voulais me balader.

— Oh, allez, parle-moi. Je vois bien que quelque chose te travaille. C'est le rythme ?

— Non.

Oscar sortit une clope à son tour et s'accouda à la balustrade en pierre, juste à droite de Caleb.

— Tu sais que tu peux tout me dire, Caleb. Je suis ton ami.

— Oui, je sais...

Une seconde, Caleb hésita. Devait-il livrer ses sentiments ? Il avait confiance en Gale, mais devait-il pour autant tout lui raconter ? Mais raconter quoi au juste ? Qu'il avait craqué sur une démone ? Le bras droit de la reine en plus de ça ! Pouvait-il réellement le dire ? Avait-il seulement le droit de ressentir cela ?

Comme le vent souffle sur la voile d'un bateau, il envoya balader toutes ces questions et pivota vers son ami, son meilleur ami.

— Je crois que j'aime bien Bloody... et je crois qu'elle me manque.

— Oh, je vois. Et tu lui as dit ?

— Non ! Ça ne va pas la tête !

— Quoi ? Pourquoi pas ?

— Je suis sûr que je n'ai pas le droit... Enfin, je n'en sais rien... Mais de toute façon, qu'est-ce qu'elle en aurait à foutre ?

— Ça, tu pourras le savoir qu'à la condition de lui parler.

— C'est ce que t'as fait avec Giuliana ?

Oscar manqua de s'étouffer avec la fumée de sa cigarette. Comment le gosse était-il au courant ? Les deux tueurs prenaient beaucoup de précautions pour partir batifoler sans que personne le sache ! Les avait-il surpris ? Non, il l'aurait su...

— Comment tu sais ?

— Je vous ai vu à Rome, vous baisiez en plein *living* !

— Ah.

Gale se sentit très con, oui, ce n'était pas malin de faire l'amour à quelqu'un dans un lieu commun. Vraiment pas malin du tout.

— J'suis désolé, Caleb. Je voulais pas forcément le cacher, mais... j'sais pas, j'ai cru que ça poserait un problème.

— Tu l'aimes ?

— J'sais pas, est-ce que nous autres, tueurs en série, sommes capables d'amour ?

Oscar posait cette question avec le plus grand des sérieux, il n'avait jamais ressenti ce sentiment et il allait donc de soi qu'il ne savait pas le reconnaître. De plus, il en avait appris beaucoup sur ses congénères les *serial killers* dernièrement et surtout sur la manière dont ils étaient dépeints.

— Tu ne sais pas si nous pouvons aimer ?

— Depuis qu'on est revenus sur terre, tu as bien sûr remarqué le changement d'époque. De notre temps, le terme tueur en série n'existait même pas ! Et maintenant, les émissions, les reportages et les documentaires fleurissent. Y'en a même sur nous... d'après eux, nous sommes dépourvus d'empathie et d'amour. Nous ne fonctionnons pas comme les autres.

Les mots d'Oscar résonnaient en Caleb, mais pour une fois, il ne fut pas d'accord. Certes, les années qui s'étaient écoulées avaient donné naissance à de nombreuses théories sur les comportements des tueurs, mais aucune n'avait été menée ou directement rapportée par un véritable serial killer. Qui peut prétendre connaître quelque chose qu'il ignore complètement ? Qui peut s'autoproclamer spécialiste sans n'avoir jamais pris une vie ?

— Je suis certain qu'ils se trompent, Oscar.

— Tu crois ?

— Irais-tu prétendre connaître... euh, je sais pas moi, l'informatique comme Rose, sans jamais y avoir touché ?

— Bien sûr que non !

— Eux, c'est pareil. Ils prétendent nous connaître, ils prétendent savoir comment nous pensons, mais ils ne nous connaissent pas. Ils n'ont jamais pris une vie, ils ne savent pas ce que l'on peut ressentir à ce moment précis, ils ne savent rien de ce qu'il se passe dans nos têtes. Comment peuvent-ils nous juger ?

Gale fit un sourire à son ami, ébloui par tant de sagesse. Il posa sa main sur son épaule et secoua la tête.

— T'es incroyablement intelligent, Caleb. Tu m'impressionnes.

— Arrête, tu vas me faire rougir.

Au milieu des touristes et des Portugais, les deux amis rirent ensemble et profitèrent des rayons du soleil. Puis Caleb en revint à leur sujet principal, réchauffant au passage le cœur de son ami.

— Moi je pense qu'on est capables d'amour. Nous sommes différents des autres, nous aimons la mort presque autant que les autres aiment le foot ou regarder des films, mais nous vivons à fond. Enfin... là, on est morts, mais tu vois où je veux en venir.

— Ouais, j'crois que je vois.

— Nous sommes entiers, nous nous donnons à fond ou nous reprenons tout, avec nous, pas de demi-mesure.

Une voix féminine retentit derrière les deux hommes et ils se retournèrent pour découvrir Rose, Giuliana et Anton.

— Et on y va à fond !

Giuliana souriait, les rayons du coucher de soleil se reflétaient sur sa longue crinière blonde et blanche, ses yeux bleus transpercèrent le cœur de Gale, qui se rendit compte à cet instant précis qu'il était capable d'amour.

Rose et Anton prirent place à gauche de Caleb, tandis que Giuliana vint se lover dans les bras d'Oscar.

Caleb se sentit si heureux d'être entouré pour la première fois de sa vie, qu'il continua sans même chercher à retenir ses mots.

— On a la chance d'en avoir une deuxième. On a tous les droits, toutes les armes en notre possession pour la vivre à fond. Pourquoi nous poser autant de questions ? Vivons le moment présent, profitons de ce que nous offre la reine et... aimons-nous, tout simplement.

Anton donna une tape amicale sur l'épaule de l'étrangleur et Rose lui fit un sourire sincère. Tous les cinq n'avaient jamais connu d'amitié plus sincère, pour la première fois de leur vie, ils étaient entiers avec d'autres personnes sans dissimuler un pan d'eux-mêmes. Pour la première fois, ils étaient entourés de véritables amis.

Devant le soleil couchant, qui arborait de magnifiques couleurs orangées, les tueurs profitèrent de ce moment de calme, de ce moment qui faisait d'eux des êtres humains comme les autres, ou presque.

Caleb se confia sur ses sentiments envers Bloody, Giuliana et Oscar révélèrent leur petite aventure et Anton et Rose parlèrent du souhait qu'ils avaient de se marier. Ce spectacle était beau, chaleureux, on aurait presque pu oublier que ces cinq personnes allaient tuer et mettre à feu tout le quartier à la première heure le lendemain.

Qui aurait pu soupçonner ces hommes et ces femmes aux larges sourires ? Qui aurait pu penser que le sang allait couler de leurs mains enlacées ?

CHAPITRE SEIZE

La lune brillait encore haut dans le ciel malgré l'heure plus que matinale, ou nocturne suivant le point de vue, et ses rayons blancs venaient caresser les façades colorées du quartier Alfama de Lisbonne. Au même moment, les cinq de l'Enfer commencèrent à les badigeonner d'alcool à brûler. Oscar adorait ce plan plus que les autres, il trépignait d'impatience à l'idée de jeter une allumette dans tout ce merdier et faire partir en fumée toutes ces maisons.

Ainsi, ils partirent du centre du quartier et se dispersèrent aux quatre coins — ou plutôt aux cinq —, tout en prenant soin de bien répandre l'alcool à brûler partout. L'odeur était forte et Rose, Giuliana et Caleb avaient mis des bandanas de tissu devant leur bouche et leur nez par peur de tourner de l'œil.

Seuls Anton et Oscar luttaient contre cette odeur qu'ils ne trouvaient pas si terrible. À force de patience, ils arrivèrent aux portes d'Alfama et à la fin de cette première étape. Ils ne croisèrent que peu de monde, personne ne résista à un coup de lame dans la gorge et ils purent aussi admirer l'efficacité des barrières qu'ils avaient placées la veille aux entrées de ce coin de Lisbonne. Aucune voiture ne circulait, précisément comme il était indiqué sur les panneaux.

Dans le talkie-walkie résonna la voix de Rose :

— C'est bon pour tout le monde ?

Caleb répondit avec précipitation :

— Presque, plus que quelques mètres.

— Termine et on balance la sauce.

Oscar pouffa de rire :

— Ou plutôt l'allumette, non ?

— Ouais, tu avais compris !

Les nouveaux amis rirent et quand Caleb annonça qu'il était prêt, tous se préparèrent à allumer le brasier qu'ils venaient de préparer.

Toujours à l'aide du talkie, Rose démarra un compte à rebours tout en sortant un paquet d'allumettes de sa poche. Tous en firent de même.

— Cinq...

Anton sortit une allumette de son paquet.

— Quatre...

Giuliana referma la boîte cartonnée.

— Trois...

Caleb plaqua le bout rouge du bâtonnet contre la boîte.

— Deux...

Oscar sentit son cœur faire une embardée à l'approche du plus beau spectacle qu'il n'ait jamais vu.

— Un...

Rose fit glisser très rapidement la tige contre la boîte et une flamme naquit.

— Feu !

Tous en même temps, ils jetèrent leur allumette enflammée sur les litres et les litres d'alcool à brûler. Le feu se propagea à une telle vitesse que Gale eut les larmes aux yeux. Non pas à cause de la chaleur, mais de l'émotion qu'une telle vision lui provoquait.

Des sillons de flammes léchèrent le sol et bientôt les murs, pour s'attaquer ensuite aux portes et aux fenêtres. La chaleur se dégageait déjà du brasier, la lumière n'allait pas tarder à réveiller les habitants encore endormis, en plus de l'odeur et de la chaleur. Et Gale riait.

— On surveille les sorties, on tue quiconque qui tente de fuir pendant quinze minutes et ensuite on se tire.

La voix de Rose, déformée par le talkie-walkie, donnait les instructions et tout le monde les suivait sans broncher. Ils avaient placé leur confiance en elle, ils ne comptaient pas lui faire faux bond. Elle était la plus expérimentée, la plus réfléchie et celle qui avait l'esprit assez parano pour penser à tous les détails. Elle s'était imposée d'elle-même, sans chercher à le vouloir réellement, mais ce rôle lui convenait parfaitement.

Elle se sentait estimée à sa juste valeur et ça lui faisait énormément de bien après le fiasco — à son sens —, de Paris. Cette tuerie n'avait pas été un désastre, contrairement à ce qu'elle pensait. Toutes les personnes visées avaient été tuées, aucun ne s'était échappé. Mission accomplie.

Face aux flammes qui prenaient de plus en plus d'ampleur et aux cris de terreur des habitants, la Blood Queen souriait. Enchaîner les meurtres de masse la rendait vraiment très heureuse et puis, elle était avec Anton, que pouvait-elle espérer de mieux ?

Quelques hommes réussirent à sortir d'une maison en flammes, pour découvrir une rue tout aussi embrasée. Ils tentaient de faire sortir les membres de leur famille, mais Rose enleva le cran de sûreté de son fusil d'assaut et leur tira dessus sans sommation. Ils s'effondrèrent, sous les cris de leurs mioches, restés prisonniers de leur foyer.

Aux quatre autres postes, quelques balles furent tirées aussi et stoppèrent de braves hommes dans leur tentative de fuite. Puis, des sirènes retentirent et les tueurs prirent leurs bombes de peinture, notèrent le message sur le sol bétonné et se rejoignirent au point d'extraction, où Bloody et Maze les attendaient.

Quand la police arriva sur les lieux, en compagnie des pompiers, le brasier était si grand, si impressionnant, qu'il fallut une seconde à tout le monde pour réaliser l'ampleur de l'horreur.

Puis ils s'affairèrent tous à éteindre les flammes pour tenter de sauver le plus de monde possible, sans se douter qu'il ne restait plus beaucoup de personnes vivantes.

Tandis que les pompiers déployaient les lances, appelaient du renfort et même un canadair, l'officier de police Fernando Santos remarqua l'inscription sur le sol. Un violent frisson d'horreur lui glaça l'échine.

Il transpirait à grosses gouttes, il ne s'était jamais senti aussi terrifié de sa vie. Il prit son talkie-walkie sans décrocher ses yeux des lettres rouges, il sélectionna le canal qui donnait au poste de police, puis d'une voix tremblante, il déclara :

— Chef, on doit contacter Interpol. Ce sont eux.

Les mots qu'il fixait en boucle se graveraient bientôt dans son esprit aussi clairement que le jour où il avait épousé sa femme, avec autant de puissance que celui où son fils était né. Car ces mots... ces mots voulaient dire que des tueurs en série sévissaient à travers l'Europe.

« Paris, Rome, Lisbonne, L... ? Quelle sera la prochaine destination du Killers Gang ? »

CHAPITRE DIX-SEPT

En revenant à Londres, Caleb et Oscar avaient un peu l'impression de revenir chez eux. Les voitures qui roulent à gauche, la tête de la reine sur les billets... comme ça leur avait manqué !

En plein centre, ils logeaient depuis trois jours dans une magnifique maison de ville, coincée entre d'autres bâtiments. Les médias faisaient tourner en boucle l'information découverte à Lisbonne et tous les regards se tournaient désormais vers toutes les villes qui commençaient pas « L », bien que l'attention était réellement portée sur Londres. Il ne fallait pas détenir une quantité de master et autres diplômes pour deviner qu'après Paris, Rome et Lisbonne, Londres serait la prochaine sur la liste.

Ça amusait beaucoup le *Killers Gang*, qui en profitait pour élaborer un plan diabolique. Pour celui-ci, ils auraient besoin de beaucoup de puissance et d'un coup de pouce des démones.

Dans l'attente que tout soit prêt, Caleb, Giuliana, Oscar, Rose et Anton profitaient de la magnifique demeure dans laquelle ils vivaient et de la ville en elle-même. Cinq tueurs en série qui font les touristes, c'était vraiment un spectacle amusant.

Ainsi, au détour de *Camden Town*, Caleb décida de s'orner la peau de magnifiques motifs éternels, les tatouages. Il choisit de nombreux motifs dans le catalogue du tatoueur et le laissa le piquer pendant des heures et des heures, sur deux jours de suite.

Quand l'artiste eut fini, légèrement contraint par

une démone sexy répondant au nom de Bloody, Caleb avait complètement changé de look. Certes, il gardait toujours ses chemises et ses pantalons à pinces, mais il les ouvrait un peu plus et dévoilait ainsi les dessins qui magnifiaient sa peau blanche. Dans le cou, sur le torse, les bras… il n'y était pas allé de main morte !

Bloody adorait le nouveau look du tueur et, même si Lily n'était pas trop d'accord avec le fait qu'une de ses démones batifole encore avec un tueur, elle lui avait donné l'autorisation d'aller passer du temps avec lui. La reine pouvait toujours tenter de prétendre le contraire, mais elle était plutôt du côté de l'amour et aimait voir les couples se former. Même si son attrait était plus d'ordre sexuel que romantique.

En tout cas, cela arrangeait les nouveaux tourtereaux qui, même si leur relation n'avait encore rien d'officiel, adoraient passer du temps ensemble. Bloody faisait des allusions salaces à Caleb et ce dernier rougissait jusqu'au sommet du crâne. Il voulait la courtiser, mais il n'était même pas sûr de savoir ce qui lui plairait.

Jusqu'à ce qu'elle le voit retirer sa chemise pour montrer ses nouveaux tatouages. Dans l'immense cuisine de la maison de ville, tout le monde était présent et admirait les dessins qui jalonnaient la peau claire de l'étrangleur. Lui, fier comme un coq, se sentait touché par les compliments qu'il n'avait jamais entendus à son égard.

Bloody se sentit prendre feu. Elle se ficha complètement du lieu et des personnes présentes et elle sauta sur Caleb, l'attirant tout contre elle. Avec envie et passion, elle plaqua sa bouche contre la sienne, sous les cris de stupéfaction des tueurs.

Bloody ne tarda pas plus longtemps avant de se téléporter en compagnie de Caleb jusqu'à la chambre de ce dernier. Elle l'allongea sur le lit, lui qui était encore tout endolori par les multiples coups d'aiguilles, puis elle s'installa à califourchon au-dessus de lui.

— Bloody... qu'est-ce que tu fais ?

— Je te montre combien j'aime tes nouveaux tatouages.

De nouveau, elle fondit sur la bouche du tueur et enroula sa langue à la sienne, faisant traîner ses mains partout sur son corps chaud. Caleb était peu sûr de savoir quoi faire, il avait toujours cette crainte de froisser ou presser, mais quand Bloody attrapa sa main pour la plaquer contre ses fesses moulées dans le cuir, il sut.

Il prit alors les commandes et fit basculer la démone sur le dos, parcourant son corps de ses mains chaudes et douces. Malgré le nombre de morts qu'elles avaient provoqués.

Bloody frissonnait. Caleb exaltait.

Les deux finirent très vite sans aucun vêtement sur le dos et leurs cris de jouissance résonnèrent dans toute la maisonnée. Ce qui fit monter la température du côté des deux autres couples au rez-de-chaussée.

S'amuser, c'était bien, mais il fallait aussi songer à passer à l'action ! Et le jour était enfin venu de le faire. Avec l'aide de Bloody, les tueurs avaient disséminé des bombes dans les fondations et les pièces les plus importantes de *Buckingham Palace*, *Big Ben* et la *Tour de Londres*. Quand la détonation allait se produire, tout serait décimé, sans aucune exception.

Mais ils avaient prévu de faire couler le sang aussi.

Ils s'étaient donné rendez-vous au *British Museum* et comptaient saigner un maximum de personnes avant de tout faire péter. Puisqu'ils ne se déplaçaient pas comme n'importe quel humain et qu'ils avaient une démone capable de mille et une choses, ils se téléportèrent directement à l'intérieur du musée, armés jusqu'aux dents.

Sans tarder, ils se dirigèrent tous vers des lieux différents et commencèrent à trancher gorge sur gorge. Un festival sanglant, une fête de l'hémoglobine !

Les cris commencèrent à retentir, les personnes présentes, et pas encore mortes tentaient de fuir par tous les moyens, mais les portes avaient été verrouillées par les bons soins de Bloody.

Parmi la foule, certains avaient mentionné le *Killers Gang* et ça avait beaucoup amusé Anton. La terreur, au-delà d'être visible sur les visages, se ressentait. Toutes les personnes présentes craignaient pour leur vie, pour celles de leurs proches. Ils étaient tellement paniqués qu'ils se mettaient à courir dans tous les sens sans but. De véritables agneaux apeurés lorsque le loup entre dans leur pré. Un délice !

Anton saisit une jeune femme par les cheveux et lui trancha la tête d'un violent coup de faucille. Un jeune étudiant se cachait derrière un muret, mais il était encore assez visible pour le géant russe. Ce dernier sourit et planta la lame de sa faucille dans son épaule. Le jeune homme hurla à s'en déchirer les cordes vocales, il tenta de se défaire de la lame en l'attrapant avec les doigts, mais il ne réussit qu'à les tailler. Elle était si aiguisée qu'elle aurait pu vous couper en un seul regard. Enfin, imaginons.

Anton rit devant cette stupide tentative de fuite et

sortit son couteau de chasseur, qu'il planta dans le ventre du gars.

— Ben quoi, tu voulais fuir ? Où serais-tu allé, hein ? lui demanda-t-il, amusé.

Le rire puissant et sonore du Blood King résonna, il enleva les deux lames et laissa Julian se vider de son sang sur le sol étincelant du *British Museum*.

Rose de son côté enchaînait les victimes avec son rire empreint de folie. Elle démembrait à tour de bras et s'extasiait devant le liquide vermeil qui s'écoulait des blessures mortelles qu'elle infligeait. Ce moment, cette tuerie sanglante, c'était ce qui la comblait pleinement de joie. Le sang, c'était sa came, sa cocaïne, son héroïne, sa vie. Qu'elle était heureuse de le faire couler de nouveau, d'insinuer la peur dans les cœurs et dans les esprits.

La cannibale tranchait, éviscérait et la folie qui l'avait atteinte à la fin de sa vie était de retour. Plus forte, plus intense. Elle était comme une main aux doigts acérés qui tenait son cerveau sans jamais le relâcher. Les doigts se resserraient de plus en plus, ce qui faisait croître sa joie de tuer, son bonheur de mettre fin à des vies insignifiantes. Rien ne pouvait plus la combler, si ce n'est l'idée que l'une de ses victimes deviendrait le dîner. Bloody était d'une aide inestimable dans ce genre de situation. C'était terminé l'époque où Giuliana se pétait les reins en trimbalant des corps inanimés, désormais, la démone les faisait disparaitre et apparaître directement dans le logement.

C'était d'ailleurs de cette manière que l'Italienne avait reçu les trois derniers corps à Rome, Lisbonne et ici, à Londres. Cuisiner pour elle l'avait toujours rendue heureuse, mais maintenant qu'elle préparait aussi des mets pour ses amis, elle rayonnait d'autant plus. Savoir qu'elle les avait convertis à ce mode d'alimentation, c'était vraiment ce qui lui plaisait le plus.

Ils ne se faisaient plus prier pour finir leurs assiettes et les dévoraient à tour de bras, réclamant toujours du rab.

Sauf Caleb.

L'étrangleur n'avait pas encore sauté le pas, il n'en était pourtant pas si loin. Il avait posé quelques questions, il avait regardé Giuliana cuisiner les morceaux qu'elle avait découpés, mais il s'en tenait encore aux féculents et aux légumes. Cela lui suffisait pour le moment. Après tout, manger de la viande humaine... il fallait oser !

Armé de son couteau de cuisine, le jeune Anglais était recouvert de sang et hurlait à s'en déchirer les cordes vocales. Il enchaînait les victimes sans se soucier de leur sexe, ou de leur âge. Il n'y avait plus rien qui le retenait, pas même ce pour quoi il s'était battu toute sa vie. Défendre les femmes.

Le tueur avait changé, radicalement changé. Depuis qu'il était tombé sous le charme de Bloody, il n'avait plus la même façon de penser et de voir les choses. Elle lui avait fait prendre conscience sans vraiment le vouloir, que presque toutes les femmes qu'il avait sauvées, toutes celles pour qui il avait tué, avaient témoigné contre lui à son procès. Eh oui, elles n'avaient eu aucune reconnaissance envers lui et étaient allées jusqu'à l'enfoncer quand elles avaient pu, ce qui avait motivé la décision du juge de le condamner à la peine de mort.

Évidemment, il avait occulté cette partie-là de son

histoire, volontairement ou pas, il était incapable de le savoir. S'en souvenait-il seulement ? Ce dont il était sûr désormais, c'était qu'il avait été lâchement abandonné par celles qu'il avait défendues corps et âme. Le sang avait coulé pour les venger, pour les protéger, et elles n'avaient même pas eu la décence de le remercier. Ces pétasses !

Alors le voile qui l'empêchait de toucher aux femmes — ce même voile qui le faisait voir le sexe féminin différemment — s'était levé. Et il l'avait transformé. Désormais, il n'avait plus aucune pitié et tuait tous ceux qui croisaient sa route, celle de son couteau, ou dans de rares cas de sa ceinture.

L'étrangleur avait pris goût au sang et taillader ses victimes tout en les poignardant à de multiples reprises s'avérait bien plus drôle !

De coups de couteaux en coups de hache, les cinq tueurs finirent par assassiner à peu près tout le monde dans le musée et ils se rejoignirent, euphoriques.

— C'est bon pour vous ?

Tous répondirent en chœur à la question de Giuliana et Bloody fit téléporter le petit groupe en laissant quelques survivants, un joli message et du sang absolument partout.

Les quatre rescapés, qui n'en demeuraient pas moins blessés, se relevèrent une fois les tueurs partis et tentèrent de trouver du secours. Ils sortirent leurs téléphones, s'inquiétèrent les uns les autres de leurs états respectifs et tandis que certains aidaient à faire des garrots, une femme appela la police, les yeux rivés sur le message ensanglanté.

— Allô, nous venons d'être victimes d'une attaque au British Museum ! Oui, il s'agit des cinq... ils ont décimé tout le monde... Oui, nous sommes quatre, mais nous sommes blessés... Non, ils sont partis. Oui... ils ont laissé un message.

Les yeux remplis de larmes, la jeune blonde ravala sa salive difficilement et annonça :

— Paris, Rome, Lisbonne, Londres, B... Nous continuons notre voyage...

Quand Elizabeth termina sa phrase, de violentes déflagrations firent trembler le musée, le sol se mit à trembler et les cris provenant de l'extérieur se firent entendre. Que se passait-il encore ? Qu'avaient fait ces tueurs impitoyables ?!

CHAPITRE DIX-HUIT

Les cinq. Ces deux mots étaient sur toutes les lèvres. À travers l'Europe et le monde, tous les médias ne parlaient plus que de ça. La reine des Enfers s'extasiait devant la terreur dans laquelle vivaient tous les Européens. C'était un délice pour celle qui se nourrissait de la peur. Les pays avaient renforcé la sécurité de tous leurs monuments, les personnalités avaient doublé le nombre de gardes à leur service et les citoyens demeuraient cloitrés chez eux. Le virus était bien loin derrière eux, il était devenu le cadet de leur souci.

Logés à l'hôtel *Adler* au cœur de Berlin, les tueurs reparlaient sans cesse de la tuerie de Londres, trop heureux de ce qu'ils avaient déclenché. En plus d'avoir foutu un sacré bordel au *British Museum*, ils avaient détruit *Buckingham Palace*, la *London Tower* et *Big Ben* simultanément. Et qui se trouvait donc au palace ce jour-là précisément ? La Reine d'Angleterre elle-même !

Le pays, ainsi que les autres, ne pleuraient pas seulement des monuments historiques, non ! Ils pleuraient aussi la mort du pilier du Royaume-Uni ! Si les tueurs n'avaient pas envoyé une note à tous les commissariats du coin, ils n'auraient peut-être pas relié les tueurs à ces attentats. Mais ils l'avaient fait, ils avaient signé du surnom qu'ils s'étaient attribué : *The Killers Gang* en précisant qu'ils étaient à l'origine de ses explosions incroyables. Les flics n'auraient pas choisi ce mot.

Et alors, toutes les théories avaient fait leur grand retour. Comment avaient-ils pu entrer sur ces lieux historiques avec autant d'explosifs ? Comment avaient-ils réussi à passer la sécurité ? Qui étaient-ils ? De quelles forces étaient-ils dotés ? La police pouvait-elle encore protéger le peuple ? Qu'en était-il des gouvernements ? Des politiciens et des rois et reines de ce monde ?

Les médias y allaient à cœur joie, diffusant les portraits-robots établis par les rares survivants à peu près partout. Ils avaient de vagues dessins formés depuis l'esprit traumatisé de personnes qui les avaient vus, ils n'avaient donc rien de probant.

Surtout que le cardinal Antonio Greco desservait complètement les investigations en parlant d'un démon à la peau entièrement rouge, recouverte d'écailles et aux cornes noires... Il était enfermé dans un asile depuis l'attaque du Vatican. Personne ne le croyait alors que c'était le seul à être dans le vrai. Ça aussi, ça faisait bien marrer Lily !

Dans le planning, Berlin était supposé être la dernière ville d'Europe, mais les tueurs et Lily avaient décidé qu'il serait dommage de s'arrêter en si bon chemin. Ainsi, ils avaient prolongé leur séjour européen et après avoir mis à feu et à sang cette charmante ville, ils partiraient pour Madrid, Amsterdam, Budapest, Bruxelles et même Stockholm et Oslo. Le voyage était loin d'être terminé et malgré l'euphorie qui l'entourait, Rose commençait sérieusement à se demander si elle aurait l'occasion de prendre sa revanche sur Pearson...

Allaient-ils réellement partir outre-Atlantique après tout ça ? De combien de temps disposaient-ils en fait ?

Vingt-neuf jours étaient passés depuis le début de l'aventure, combien en restait-il ?

Assise au bureau dans sa suite, Rose eut besoin d'en discuter avec Lily. Anton était sous la douche et elle en profita pour sortir le talisman et invoquer la reine.

Depuis que leurs efforts payaient et que les résultats étaient visibles, la reine était plus disposée à rencontrer les tueurs lorsqu'ils avaient besoin d'elle, ce qui était aussi de plus en plus rare.

Dans un nuage de fumée noire, elle fit son apparition, le sourire aux lèvres.

— Rose ! Que me vaut ce plaisir ? Encore une idée de folie ?

— Oui et non... à vrai dire, si je t'ai fait venir c'était pour te parler de quelque chose d'important.

— Dis-moi tout, ma douce !

Lily prit place avec nonchalance sur le canapé et fit apparaître une coupe de champagne entre ses doigts fins. Rose la trouvait si désinvolte, elle avait sous son contrôle un monde entier, mais semblait aussi à l'aise que si elle revenait de faire bronzette.

— Tu sais ce *planet trip*, tu avais parlé des USA si je me souviens bien et je voulais savoir quand comptes-tu nous y envoyer ?

— Quand vous aurez fini ici, pourquoi, où est l'urgence ?

— Il n'y a pas vraiment d'urgence, mais il y a quelqu'un que j'aimerais bien retrouver et tuer. Ça me tient à cœur.

— Laisse-moi deviner, Hawkin Pearson ?

À ce moment-là, Anton fit son apparition dans la pièce, complètement nu. Lily haussa les sourcils et ouvrit de grands yeux en découvrant la taille de son sexe, Rose les fronça devant son regard affamé et Anton se rua sur la première serviette qui tomba sous ses yeux.

— Putain ! Qu'est-ce qu'elle fiche ici ?!

— Je voulais lui parler d'un truc.

— T'aurais pu prévenir, ça aurait évité qu'elle voit ma bite !

— Oh, tu sais, ça ne me dérange pas. Tu n'as pas à rougir, elle est sublime !

Rose se tourna vers Lily et fit un pas en avant, les mâchoires et les poings serrés.

— T'as beau être la reine toute puissante, Anton est à moi et je ne te permets pas de poser les yeux dessus. Fais gaffe.

— Relax ! Je vous *ship* tous les deux, j'irai jamais m'interposer !

Rose se détendit quelque peu, tandis qu'Anton, qui avait déjà sauté dans un jean et un débardeur, s'approcha des deux femmes.

— Vous parliez de Pearson ?

— Oui, ta chérie voudrait lui régler son compte et elle voulait savoir quand ça sera possible.

— Ben, vite j'espère, j'en ai ma claque d'attendre.

— Vous avez encore de quoi faire ici, mais puisque vous avez été si géniaux... je veux bien vous faire un petit cadeau.

Les yeux des *Blood Killers* s'illuminèrent, allait-elle leur livrer Pearson ? Allait-elle le faire apparaître ici, juste sous leurs yeux et leurs lames ?

Mystérieuse, elle se leva et fit disparaitre la coupe qu'elle avait vidée. Elle changea sa tenue d'un claquement de doigts, passant d'une combinaison noire agrémentée de courts voilages en soie à une combinaison en cuir moulante.

— Je vous conduis à lui et on revient pour le massacre de ce soir.

Hawkin Pearson n'avait pas repensé à Rose Delgado et Anton Medvedev depuis dix ans. Il les avait traqués à travers les États-Unis sans relâche, avait découvert l'identité de la Blood Queen et, grâce à la sœur du tueur, il avait mis un terme aux tueries. Ces deux-là avaient été sa plus belle enquête, sa plus terrifiante aussi.

Même s'il n'y repensait pas souvent, les deux tueurs en série venaient s'immiscer dans ses rêves quelques fois. Il ne se souvenait de rien au réveil, si ce n'est de la peur qui l'étreignait. Les avoir découverts la gorge tranchée, gisant dans leur propre sang, avait clôturé l'enquête d'une manière magistrale. Certes, il aurait préféré les livrer à la justice et leur donner ce qu'ils méritaient, une vie derrière les barreaux, mais leur mort lui convenait aussi.

Il avait effectué le suivi de leur incinération, puis il avait mis cette partie de sa vie derrière lui. Alors quand le portrait-robot de deux des cinq tueurs qui sévissaient en Europe lui parvint, il eut un mouvement de recul doublé d'une sensation de panique profonde. L'homme et la femme ressemblaient comme deux gouttes d'eau à Anton Medvedev et Rose Delgado. Il savait que c'était impossible, il les avait vu mort, mais bon sang, qu'est-ce qu'ils leur ressemblaient !

D'accord, la qualité du dessin n'était pas excellente, il n'y avait ni couleur ni ombres et on se trouvait bien loin d'une œuvre d'art, mais quand même ! Mêmes cheveux, mêmes yeux, même barbe... même taille !

Tout correspondait. Il avait l'impression de devenir dingue.

Fatigué par tout ça, il passa une main dans ses cheveux et se leva du canapé en boitant. Il rejoignit sa cuisine où il se servit un verre d'eau, puis il retourna sur ses pas.

Quand il arriva dans le salon, il relâcha le verre qui s'explosa en mille morceaux sur le carrelage. Le choc avait eu raison de la prise qu'il avait sur le récipient.

— Ben alors, Hawkin, on dit pas bonjour ?

Assis sur son canapé en tissu, au milieu de son univers, Anton et Rose, accompagnés d'une seconde femme. Sans pouvoir se retenir, il se mit à trembler de tout son long. Ils étaient exactement comme dans son souvenir, la gorge ouverte en moins. L'expression amusée en plus.

— Co-comment... ?

La femme qu'il ne connaissait pas, une petite brune fort charmante si on occultait ses yeux entièrement noirs, leva la main comme pour se justifier :

— Ça c'est moi ! Je les ai fait revenir.

Non, il ne pouvait pas croire à une telle chose. Il ne croyait ni aux fantômes ni aux vampires ni aux loups-garous ou aux femmes fidèles. C'était impossible.

Pourtant, Anton et Rose étaient bien là, dans son salon, à sourire comme deux dégénérés. Les *Blood Killers* étaient venus pour prendre leur vengeance.

Sans dire un mot, ils se levèrent s'approchèrent de Pearson. Anton l'attrapa par la gorge et le souleva avant de l'allonger sur la table de la salle à manger.

— On va te montrer qui on est vraiment.

Hawkin tremblait, il aurait adoré avoir le cran de leur répondre, de leur tenir tête, mais il en fut complètement incapable. Il vit du coin de l'œil la femme inconnue qui était en train de grignoter des *wings*. D'où les sortait-elle ?!

Rose attacha les poignets et les chevilles de Pearson à l'aide de morceaux de tissu qu'elle avait découpés sur une chemise qui traînait là. Ainsi positionné, il n'avait plus aucun moyen de bouger, non pas qu'il eut tenté quoi que ce soit d'ailleurs.

Le couple aurait adoré faire durer le plaisir, mais ils ne tenaient plus en place. D'un regard, ils brandirent la hache et la faucille qu'ils tenaient en main et les abattirent sur les cuisses de Pearson. Il hurla à la mort.

— Ça c'est pour nous avoir traqués comme des bêtes !

— Et pour avoir utilisé ma salope de sœur contre moi !

De concert, ils relevèrent leur arme, sous les cris incessants de l'ex-agent du FBI. Le sang coulait à flots, la peur aussi.

De nouveau, ils frappèrent simultanément et s'en prirent cette fois aux épaules. Hawkin n'avait plus rien d'humain, il ressemblait à une sorte de totem. Très mignon.

Anton et Rose étaient très étonnés de le voir lutter, hurler et pleurer comme un bébé. Pourquoi n'était-il pas encore inconscient ? La douleur aurait pourtant dû le faire sombrer ! Et si...

Rose se tourna vers Lily et remarqua qu'elle se délectait du spectacle en grignotant des fritures.

— C'est toi qui le maintiens éveillé ?

— Oui, j'adore les cris. Ça m'excite !

La Blood Queen pouffa de rire et reporta son attention sur Pearson, l'homme qui avait causé sa perte.

— J'espère que tu sens chaque millilitre de sang qui s'écoule de tes blessures, j'espère que tu souffres et que tu souffriras jusqu'à ton dernier souffle, pourriture.

Anton observait la scène avec un plaisir non dissimulé, il était heureux d'enfin obtenir sa vengeance, il en avait tant rêvé !

Les amoureux échangèrent un regard et décidèrent de mettre fin à la vie de cet être pathétique. Ils placèrent leurs lames côte à côte, sur la carotide de Pearson.

Ils tirèrent en même temps, ouvrant en deux larges plaies la gorge de celui qui les avait poussés à s'entretuer. Le sang recouvrait toute la table, le sol et avait même giclé sur les deux tueurs.

Ils étaient tellement soulagés et heureux qu'ils s'embrassèrent en passant au-dessus de la table et du cadavre mutilé et encore chaud de Hawkin Pearson.

La reine palpitait d'excitation et ne regrettait absolument pas de les avoir aidés à venir à bout de leur vengeance. Le spectacle avait été à la hauteur de ses espérances.

Recouverts de sang et comblés de joie, Rose et Anton suivirent la reine et retournèrent à Berlin, non sans laisser une jolie trace de leur passage dans la demeure souillée de Pearson.

Une belle couronne qui allait faire parler d'elle...

CHAPITRE DIX-NEUF

Les carnages s'enchaînaient, les villes d'Europe brûlaient après le passage des tueurs et nul ne pouvait les contrer. En près de vingt-cinq jours, le *Killers Gang* avait décimé plus de trois mille personnes, dans cinq villes différentes d'Europe. Sans compter toutes celles qui étaient mortes avant dans les autres. Et la Reine d'Angleterre. Cinquante-quatre jours s'étaient écoulés depuis leur *réveil*…

Lily se nourrissait de la peur qu'ils instauraient sur terre. Son pouvoir ne faisait que croître et son avènement approchait de plus en plus, chose que ses tueurs ignoraient, évidemment. La reine ne leur avait pas fait part de toutes ses intentions et surtout de toutes les raisons qui l'avaient poussée à former ce gang. Certes, le chaos et la mort étaient de véritables moteurs et elle adorait ça, mais elle visait également quelque chose de plus important.

Rien qui n'allait causer de tort à ses tueurs, évidemment, mais quelque chose qui ramènerait les démons à leur juste place et placerait le chaos et la désolation au centre des mondes. Un régal pour la reine de l'Enfer, qui espérait prendre le contrôle des mondes très bientôt.

En attendant, le plan de tueries suivait son cours et les tueurs n'avaient jamais été aussi heureux et épanouis de leur vivant. Chaque nouvelle journée se déroulait sous le signe du sang, de la mort et des supplications. Et dans toutes les langues possibles ! En faisant le tour de l'Europe, ils visitaient aussi de magnifiques pays et certains commençaient à regretter le rythme effréné, surtout face aux merveilleuses aurores boréales de Norvège.

Bloody avait accepté de les conduire là où le ciel brillait, là où le temps semblait comme suspendu. Oubliées les tueries, oubliée la mission, seul le moment présent comptait devant ces lumières naturelles qui pourtant leur semblaient magiques.

Anton, Oscar et Caleb tenaient Rose, Giuliana et Bloody dans leurs bras et nul n'aurait pu deviner qui ils étaient vraiment. Face à ce spectacle d'une beauté à couper le souffle, ils devenaient presque des personnes lambda, des personnes innocentes.

La reine ne l'entendait pas de cette oreille. Cela faisait trois jours qu'ils venaient ici tous les six et qu'ils restaient des heures sans rien faire, figés vers le ciel. Leur humanité, ou plutôt ce qu'il en restait était en train de refaire surface à cause d'un putain de phénomène lumineux atmosphérique !

C'est en fulminant de colère qu'elle se matérialisa devant eux et sous les yeux ébahis de quelques spectateurs présents. Elle les foudroya d'un geste de la main, faisant sursauter les tueurs.

Bloody, qui était tout de même le bras droit de la reine, se détacha immédiatement de Caleb et vint se placer à côté de Lily. Elle savait qu'elle n'avait pas le choix.

— Vous jouez à quoi, là ?

Caleb, les dents serrées et énervé d'avoir été séparé de la femme, de la démone, qu'il aimait, s'avança d'un pas.

— On faisait rien de mal, on observait juste le ciel.

— Oui, ben la petite fête est terminée ! Vous avez

une mission, je vous rappelle. Il n'est pas question de vous ramollir pour un truc aussi stupide !

Anton souffla de mécontentement, lui qui pour une fois avait trouvé de l'intérêt ailleurs que dans le sang qui coule.

— Ça va, le plan est prêt pour demain.

— Ça m'est égal !

La reine avait crié si fort que les tueurs tombèrent à la renverse sur le sol enneigé. Les arbres à proximité s'étaient déracinés et étaient aussi allongés par terre. Son cri inhumain avait fait vibrer jusqu'aux organes des tueurs.

Le visage de Lily était strié de veines noires, ses yeux de la même teinte laissaient échapper une fumée rouge, de même que l'intégralité de son corps. Qu'avait-elle pour se mettre dans un tel état ? Surtout pour si peu...

— Sauf votre respect, Lily, nous ne faisions rien de mal et les explosifs ont été placés il y a une heure. Nous ne perdons pas de vue notre objectif et nous savons où est notre priorité.

Oscar, la voix de la sagesse quand il voulait bien l'ouvrir, venait de faire revenir le calme chez Lily et autour d'elle. La reine se sentait conne, mais sa fierté l'empêchait formellement de s'excuser ou d'admettre qu'elle avait eu tort. Alors, en lançant un regard acéré à son gang, elle haussa les épaules et disparut comme elle était arrivée.

Que venait-il de se passer, nom d'une diablesse ? La scène n'avait duré que quelques courtes minutes, avait causé la mort foudroyante de dix personnes et avait fait trembler d'effroi les cinq tueurs et la démone.

Bloody savait que lorsque Lily s'énervait il valait

mieux fuir le plus loin possible. La dernière fois qu'elle avait fait une crise de nerfs, des continents s'étaient détachés... Sa réaction de ce soir n'était rien en comparaison. Anton et Rose allèrent voir les cadavres et s'extasièrent devant la puissance du pouvoir de la reine.

— C'est incroyable, elle a levé les mains et PAF, ils se sont effondrés.

— Ouais. Regarde leur peau, elle est comme carbonisée de l'intérieur ou un truc de ce genre.

Et effectivement, Anton n'était pas loin de la vérité. En les foudroyant, Lily avait brûlé les corps de l'intérieur. Des organes aux muscles, des vaisseaux aux tendons en passant par la peau. Magnifique.

Ce pouvoir était puissant, beau et particulièrement pratique.

— J'adore le sang et ma hache, mais avec un truc comme ça... tu dois pouvoir massacrer des populations entières en levant le petit doigt !

— Pas tout à fait.

Bloody, qui était celle qui connaissait le mieux la reine, semblait déterminée à leur fournir des explications sur sa patronne.

Sans se concerter avec les tueurs, elle les fit se téléporter dans l'hôtel qu'ils avaient investi à Oslo. Comme à chaque déplacement, ils clignèrent plusieurs fois des yeux avant de s'habituer au changement radical de luminosité et d'ambiance.

Installés sur les canapés, tous écoutèrent Bloody leur donner plus d'informations sur Lily et ses capacités.

— Ses pouvoirs ne sont pas comme les miens ou ceux des autres démones, leur source est intarissable, mais dépend directement du chaos qu'elle cause, de la peur et des morts dont elle se nourrit. Elle a donc besoin de la peur pour qu'ils restent assez puissants, si elle venait à décimer une population entière, il ne resterait plus de peur, ses pouvoirs s'éteindraient temporairement. Le faire pourrait la vider de son énergie.

— C'est pour ça qu'elle nous a réunis, alors ?

— Oui, pour récupérer la peur que vous installez, pour s'en nourrir et se renforcer pour la suite.

— La suite ?

Bloody s'interrompit brusquement, consciente qu'elle venait de se laisser aller à une révélation dont elle n'avait absolument pas le droit de parler. Sa proximité avec les tueurs altérait son comportement et son jugement, ça n'allait pas du tout.

Elle se releva, planta son regard dans celui de Caleb, dont elle était en train de tomber amoureuse, puis secoua la tête.

— Je dois retourner en Enfer. Je vous envoie Maze pour demain.

— Attends !

Hayes se leva et prit la main de la démone, dont le regard le fuyait.

— Qu'est-ce que tu as ? Pourquoi tu pars d'un coup ? Reste ! Comme on l'avait prévu.

— Non. J'oublie où est ma place et elle n'est pas ici. Je ne suis pas une humaine, je suis une démone, j'ai été créée par Lily, je n'ai rien à faire là.

— Bloody !

Sans laisser le temps à Caleb de tenter de la convaincre, la démone s'évapora entre ses doigts et le silence se fit dans le petit salon.

Caleb laissa exploser sa rage et sa frustration en envoyant un coup de pied dans la table basse, puis il quitta la pièce précipitamment. Personne ne savait où il allait, mais Oscar avait sa petite idée sur la question. Il n'en fit pas part à ses alliés.

— Bon, je suppose qu'on ferait mieux d'aller dormir et de se tenir prêts pour demain.

— T'as raison, Delgado. Allez, bonne nuit à tous !

Petit à petit, les quatre rejoignirent leurs lits et sombrèrent dans le sommeil. Ils étaient loin de se douter du massacre qu'était en train de commettre Caleb.

Parce que la rage du jeune homme avait pris possession de lui, de chaque parcelle de son corps et de son cœur. Il ne l'avait pas vraiment vue venir, mais elle était là et le poussait à agir. Au rez-de-chaussée, il avait récupéré un fusil d'assaut et deux couteaux de cuisine, puis il était sorti dans le centre-ville d'Oslo.

Seul, il avait déambulé dans les rues et tuait toutes les personnes qu'il croisait, même si elles étaient peu nombreuses. Un couvre-feu avait été mis en place dans une grande majorité des pays d'Europe et la police patrouillait, armée jusqu'aux dents. Ici, dans la jolie ville de Norvège, c'était le cas.

Ainsi, il tomba très vite sur une dizaine de policiers qui le virent immédiatement. Ils sortirent leurs armes et ordonnèrent à Caleb de poser les siennes. Il ne captait rien au Norvégien et se mit donc à tirer à vue. Bon, même s'il avait compris un seul de leur mot, il n'aurait rien lâché.

En hurlant, il envoya une salve de balles sur les flics et leur fonça ensuite dessus. Les hommes s'étaient dissimulés derrière leurs voitures et quand les tirs cessèrent, ils pressèrent aussi la détente de leurs armes de poing. Caleb prit six balles, mais ne cessa pas sa progression.

Quand il arriva au niveau du premier flic, il lui trancha la gorge sans cligner des yeux. Le deuxième subit le même sort, le troisième, le tout sous une pluie de balles et de hurlements.

Caleb était comme possédé par sa colère et il la laissait exploser au travers de ses gestes d'une violence inouïe, d'une délicieuse beauté.

Le sang coulait à flots, il recouvrait les pavés de la rue et l'étrangleur lui-même, qui aurait aussi pu être surnommé l'égorgeur. Il aimait de plus en plus le sang, il adorait la mort et seule celle-ci pouvait calmer ses pulsions, bien plus puissantes encore que celles qu'il avait de son vivant.

Dans la mort, il était devenu un homme radicalement différent. Plus terrifiant, plus violent, plus fort.

Désormais, il lui tardait chaque tuerie avec ses amis comme un enfant attendait Noël. Ou Pâques, ou son anniversaire, ou n'importe quelle autre fête débile.

L'horreur était en train de prendre une nouvelle dimension en lui et il adorait ça.

Recouvert de sang, il rentra à l'hôtel en fumant une cigarette et s'endormit dans ses vêtements tachés, apaisé et impatient de remettre ça.

CHAPITRE VINGT

La ville était en flammes, les bâtiments s'étaient effondrés et les tueurs marchaient au milieu des débris sans sourciller, des flammes brûlant autour d'eux. La scène était belle, émouvante même pour la reine qui l'observait depuis son trône, en Enfer.

Tout était détruit, la ville entière n'était qu'un ramassis de gravats fumants, de corps calcinés et de têtes décapitées. La Norvège avait été frappée par l'horreur de plein fouet et Oslo aurait énormément de mal à se remettre debout, si cela arrivait un jour.

Accompagnés par Maze, une démone incroyable avec aucune compassion et un goût prononcé pour les décapitations, les tueurs se rejoignirent au pied d'une fontaine, d'où jaillissait le sang.

— Bon, on va où maintenant ?

Maze souffla de mécontentement, visiblement agacée par les interactions sociales de quelque nature qu'elles soient.

— Vous pouviez pas y penser avant ?

— On était trop occupés à tuer.

La tension entre Rose et Maze était plus que palpable, mais personne ne pouvait dire à quoi elle était due. La tueuse n'aimait pas la démone sans raison particulière et aurait largement préféré que Bloody revienne. Mais cette dernière sentait que l'humanité était en train de l'atteindre et elle se refusait complètement à cela. Elle était une créature démoniaque, ténébreuse et impitoyable, pas un humain minable !

— On a le choix entre la Chine ou les États-Unis.

La voix de Rose couvrait à peine le vacarme provoqué par les effondrements de bâtiments et les flammes qui détruisaient tout. Les tueurs haussèrent les épaules, la destination ne leur importait pas, seules les tueries qu'ils commettraient là-bas leur tenaient à cœur.

Comme ils n'étaient pas capables de se mettre d'accord, Maze trancha pour eux et les téléporta au cœur de Beijing. Ils vacillèrent un peu, remarquèrent immédiatement qu'ils étaient encore armés et ensanglantés, au milieu d'une foule de Chinois.

Les tueurs échangèrent un regard, puis Anton haussa les épaules et prit son *AK-47* en main, prêt à recommencer.

— Maze, tu nous recharges les fusils ! hurla-t-il soudain.

La démone sourit pour la première fois depuis qu'elle avait mis les pieds sur Terre, puis à l'aide de ses pouvoirs, elle fit le plein de munitions.

Les balles fusèrent, les machettes de Giuliana et Oscar tranchèrent et Rose explosa de rire en fracassant le crâne d'un passant.

Les cris retentirent vite, les gens tentaient de fuir et la peur s'insinuait dans les narines de la démone, qui adorait cette odeur délicieuse. Elle se joignit au massacre en décapitant toutes les personnes qui lui passèrent sous la main.

Bien vite, la police chinoise fit son apparition et commença à tirer à vue. Les balles atteignirent les tueurs, mais ne leur firent rien d'autre qu'une légère douleur. Et elles renforçaient leur folie. Les têtes roulaient sur le sol, les tueurs se déplaçaient rapidement et efficacement. Très vite, un nombre impressionnant de cadavres prit place devant les portes de *Zhengyangmen*[5]. Les tueurs prenaient un plaisir fou à provoquer le chaos.

Maze, de son propre chef, disparut et alla installer de multiples explosifs dans les bâtiments environnants. Elle revint quelques minutes plus tard et fit tout péter par la pensée. Le sol trembla, le béton s'effrita, les quelques flics encore en vie stoppèrent tout mouvement et virent *Zhengyangmen* s'effondrer. Des larmes perlèrent dans leurs yeux, eux qui aimaient tant ce vestige de l'histoire.

Ce moment d'inattention permit à Anton d'aller leur briser la nuque d'un mouvement rapide et contrôlé.

Le chaos. Il n'avait mis que quelques minutes à être installé, il resterait gravé dans la mémoire des Chinois pendant de longues, très longues années.

Partis sur une belle lancée et loin d'être fatigués, les tueurs se firent téléporter dans une autre partie de la ville et continuèrent le massacre pendant des heures et des heures, sans jamais faiblir. Celui-ci, ils ne l'avaient pas planifié et pourtant ils s'éclataient et ce qu'ils provoquaient faisait extrêmement plaisir à la reine, qui surveillait toujours.

Depuis l'Enfer, elle fit remarquer à Bloody que son petit Caleb était en grande forme.

— Tu sais qu'il est sorti hier après ton départ et qu'il a tué vingt personnes ?

— Non.

— Tu l'as énervé en partant on dirait. En tout cas, il est redoutable, regarde...

---

5 Porte de l'ancienne muraille de Pékin.

Lily agrandit l'image qui montrait Caleb recouvert de sang, un sourire carnassier au coin des lèvres. Le jeune homme n'avait jamais été aussi sexy ! L'hémoglobine séchée se mêlait à la fraîche et le recouvrait presque intégralement. Il hurlait à s'en déchirer les cordes vocales et tranchait des gorges sans prendre le temps de réfléchir. Un canon !

Bloody aurait rougi si elle avait eu du sang dans les veines, mais ce n'était pas le cas. Elle se contenta d'un petit sourire en coin, que la reine ne manqua pas.

— Va le rejoindre. Va t'amuser, Bloody.

— Non, je reste avec toi, ma reine.

La loyauté de Bloody était honorable, mais Lily n'appréciait pas les refus. Elle leva la main et envoya Bloody auprès de Caleb, sans que celle-ci ne le voie venir.

Elle atterrit dans la rue de Beijing, au beau milieu des cris et du sang. Caleb fut surpris de la voir et interrompit tout mouvement. Bloody secoua la tête en constatant que la reine n'avait pas accepté qu'elle refuse de partir. Lily avait beau être dure, elle aimait quand deux êtres se trouvaient et elle semblait apprécier que Caleb et elle soient ensemble. Elle ignorait la véritable raison, celle que la présence de Bloody auprès de l'Anglais le rendait terrifiant et redoutable.

La démone réduisit la distance entre eux, le cœur — ou ce qui s'y apparentait —, battant la chamade. Elle embrassa Caleb à pleine bouche, se recouvrant en même temps de sang. Son corps était en feu, celui de son amant aussi et les deux auraient aisément pu faire l'amour comme des bêtes au milieu des cadavres, mais leur envie de tuer était un poil plus forte.

Leurs retrouvailles célébrées, ils recommencèrent à

prendre des vies main dans la main ou presque, au milieu des autres tueurs et de Maze.

Pendant des heures, à travers le nord-est de la Chine, ils tuèrent des milliers de personnes, grâce à leurs lames et leurs fusils d'assauts. Et aussi à la magie sombre des démones qui leur permettait de se déplacer à une vitesse inhumaine.

Le message était clair, le *Killers Gang* avait quitté l'Europe et se trouvait désormais en Asie.

Le carnage continuait.

CHAPITRE VINGT ET UN

Toute la moitié de la planète était en panique. Les morts s'accumulaient, les mois défilaient et personne ne pouvait rien y faire. Les rares survivants qui s'étaient frottés au *Killers Gang* parlaient de pouvoirs démoniaques, de fin des temps et de déchaînement de ténèbres.

Les croyants s'étaient retranchés dans leurs prières, dans les monastères et les églises, dans les synagogues et les mosquées. La menace planait au-dessus de toutes les têtes, nul n'était épargné. Les textes sacrés étaient passés à la loupe, chacun cherchant l'explication à ce déferlement de violence et de mort.

Le *Killers Gang* n'était pas le seul à sévir. Partout, à travers le monde, des personnes s'étaient laissé porter par la vague de meurtres et partout fleurissaient des corps qui ne revenaient pas aux tueurs de l'Enfer. La peur et la rage se mêlaient et séparaient l'humanité en deux parties. Ceux qui craignaient pour leur vie et voulaient s'en sortir sains et saufs et ceux qui profitaient du chaos ambiant pour passer à l'attaque.

Ainsi, les meurtres étaient devenus monnaie courante. Des femmes tuaient leur belle-mère, des hommes tuaient leur beau-père, des enfants leurs camarades de classe, des voisins s'entretuaient… Toutes les frustrations que ces gens avaient accumulées au fil des années semblaient exploser au contact de ce climat de violence et de mort qu'avaient instauré les tueurs.

La reine n'aurait pas pu rêver mieux.

Et il restait encore tant de pays à visiter et mettre

en cendres. Le tour de l'Asie avait duré deux mois, deux mois à parcourir la Chine, le Japon, l'Inde, le Vietnam, la Thaïlande et même une partie de la Russie.

Anton avait adoré repartir sur les traces de sa famille, pour décimer ceux qui subsistaient encore. Il avait aussi apprécié montrer à Rose le pays d'où il venait, la ville dans laquelle il se rendait dans sa jeunesse. Un retour aux racines sanglant et émouvant.

Ce fut d'ailleurs sur les ruines de son passé que lui et Rose furent mariés par la reine en personne.

Les décombres fumants, les flammes brûlant encore par endroits et l'odeur des corps à la place de celle des fleurs, les tueurs n'arboraient pas de costumes de luxe, mais des litres de sang. Un mariage parfait pour le Blood King et la Blood Queen.

Anton, encore euphorique des centaines de morts qu'ils avaient tous causés, avait hurlé à Rose son envie de l'épouser sans plus tarder. La tueuse à la hache le voulait aussi et elle avait rejoint son bien-aimé pour l'embrasser à pleine bouche. Le sang de leurs victimes se mêlait sur leurs peaux, leurs vêtements et rendait ce moment si beau que les autres tueurs le trouvèrent émouvant.

Les personnes allongées autour d'eux étaient mortes, ou sur le point de l'être, la ville était dévastée, mais au milieu de tout ça, un couple irradiait d'amour.

La reine des Enfers n'avait pu résister à cet appel. Elle s'était téléportée et, surprenant tout le monde, avait proposé de les marier.

— Tu as le pouvoir de le faire ?

— Anton, qui de mieux placé que la reine du royaume des Enfers pour t'unir à ta tueuse, hein ?

Le russe avait haussé les épaules et secoué la tête, il ne trouvait personne de mieux évidemment.

Alors, Lily avait fait apparaître deux alliances entre les mains ensanglantées de Caleb et elle l'avait invité à se placer derrière Anton. Les autres tueurs, accompagnés de Maze et Bloody, s'étaient avancés pour ne rien manquer de la cérémonie. Si le bras droit de Lily approuvait cette décision et se sentait heureuse pour Rose et Anton, son bras gauche ne l'était pas autant. Maze trouvait que c'était une ridicule perte de temps et, même si elle n'aurait jamais osé contredire sa reine, elle désapprouvait totalement son choix.

Lily avait un sacré sens de l'humour et de l'amour. Elle n'avait absolument pas mentionné la beauté de l'amour et sa joie de le célébrer, elle avait plutôt parlé des tonnes de cadavres qu'ils avaient à leur actif, de leur alchimie sexuelle et de la dépravation de leurs âmes. Tous avaient ri et regardé le couple s'unir.

Rose et Anton n'avaient pas décroché leurs regards une seule seconde. Le marron et le bleu étaient restés entremêlés durant toute la cérémonie, qui avait été relativement rapide. Après avoir consenti à se prendre l'un l'autre pour époux éternel, Caleb s'était avancé avec les alliances, de superbes créations de la reine elle-même.

— Ce sont les ossements de certaines de vos victimes.

— Sérieux ?!

Rose avait regardé l'anneau qu'elle devait passer au doigt de son roi, son mari, impressionnée par la beauté du bijou. L'os avait été travaillé et taillé pour former un anneau assez large, complètement lisse à l'exception de la gravure *Blood King*.

— Quand as-tu fait ça, Lily ?

— Je plaide coupable, je prépare ça depuis un moment. J'attendais juste que vous vous décidiez.

Anton avait secoué la tête et pouffé de rire tandis que Rose lui avait passé l'anneau en lui promettant l'éternité. L'époux en avait fait de même, prenant une seconde pour admirer l'anneau de sa femme, qui était plus fin et surplombé d'une fine couronne.

— Vous pouvez embrasser la mariée-tueuse !

Anton avait pris Rose dans ses bras et l'avait embrassé avec passion et envie, avant de la soulever et de demander à être téléporté dans une chambre. Ils avaient envie et besoin de consommer leur mariage tout autant que la passion qui était née de leur tuerie Russe.

Allongée sur le lit de la suite présidentielle qu'elle occupait, Rose faisait tourner son alliance tout en repensant à ces moments merveilleux qu'elle avait vécu. Elle n'aurait jamais pu imaginer tomber amoureuse à ce point d'un être qui aimait autant les meurtres qu'elle. Quelle était la probabilité pour qu'une telle chose arrive ?

Depuis la rue, les violences qui secouaient *Buenos Aires* lui parvenaient et elle sourit un peu plus. Le plan de la reine se déroulait à merveille et dépassait même les espérances de tout le monde. Anton revint de la douche, sans rien sur le dos — ou ailleurs — et prit place à côté de sa femme.

— À quoi tu penses, *moya zhena*[6] ?

— À tout ce qu'on vit ces derniers mois. C'est si

---

[6] Mon épouse en russe. Oui, je sais, tu as compris que ce n'était pas du portugais, mais je précise.

beau ce qu'on a réussi à faire.

— Ouais, c'est génial.

Les doigts d'Anton s'emmêlèrent à la chevelure de Rose et il commença à caresser la peau de sa femme. Avec douceur et tendresse, quelque chose qu'il ne connaissait pourtant pas.

— Qu'est-ce qu'on fera quand tout sera terminé ?

Malgré la joie d'être devenue Madame Medvedev et d'avoir tué tant de monde, Rose ne pouvait s'empêcher de penser à la suite. Ça faisait partie de son caractère, de qui elle était au fond d'elle, de penser à tout.

— Je sais pas, Lily a dit qu'on aurait une grosse récompense, qu'on obtiendrait ce qu'on désire.

— Et que désires-tu, Anton ?

— Ce que je désire ? Toi, évidemment.

— Tu m'as déjà, je suis à toi. Je parle pour la suite de notre… mort.

— Je suis sérieux, *detka*.

Anton se redressa, prit la tête de Rose entre ses mains et déposa un baiser sur ses lèvres avant de lui expliquer :

— Je me fiche d'où on atterrira, je me fiche de ce qu'on fera, la seule chose que je souhaite, c'est que tu sois toujours avec moi. Il n'y a rien sur terre ou en dessous que je désire plus que toi. Tu es à moi, tu es ma femme, je t'ai promis l'éternité et je tiendrai ma promesse.

Rose sourit face à la déclaration de son tueur, puis elle s'installa au-dessus de lui à califourchon et le remercia à sa façon. Avec passion et amour.

Malgré tout, elle ne put s'empêcher de repenser à tout ça deux heures après, quand elle sortit de la douche. Et si la reine ne tenait pas sa parole ? Et si les tueurs étaient renvoyés dans ses chambres inintéressantes ? Allaient-ils passer le reste de leur mort à attendre ? À s'ennuyer ?

Ils avaient goûté à la liberté, ils avaient goûté au chaos et à la destruction, comment pourraient-ils s'en passer ? Retourner en Enfer n'était pas vraiment un problème, mais il fallait impérativement que les tueurs posent leurs conditions. Il fallait qu'ils s'assurent de ce qu'ils allaient devenir, après.

Car le monde était sur le point de sombrer dans un chaos ténébreux irréversible. La violence qui se déchaînait, les meurtres qui devenaient quotidiens et de plus en plus violents, les citoyens de tous les pays et de tous les continents qui sombraient peu à peu dans la folie. Qu'allait devenir la terre ?

Un royaume sombre et terrifiant pour Lily. Mais ça, les tueurs étaient loin de s'en douter. Ils étaient à mille lieues d'imaginer quel était le but ultime de la reine, celui qu'ils servaient sans le savoir, celui qui allait causer l'extinction complète de la race humaine.

CHAPITRE VINGT-DEUX

Attablés, les tueurs peaufinaient leur plan d'attaque quand Rose décida d'aborder un sujet épineux.

— Est-ce que vous avez pensé à l'après ?

Caleb releva la tête de sa salade, la bouche pleine de légumes et de la sauce sur le menton. Qu'il était loin le jeune homme timide et peu sûr de lui du début !

Il avait tant changé physiquement et moralement que, parfois, les autres ne le reconnaissaient pas. Il avait trouvé des amis, une famille, et il semblerait que ce fut la seule chose qui lui manquait de son vivant pour être épanoui, pour être l'homme qu'il méritait de devenir.

— Quel après ?

Caleb n'avait jamais réfléchi à la question. Il avait évolué, oui, mais sa naïveté continuait de l'étreindre et celle-ci lui faisait croire que ce merveilleux voyage de mort serait son éternité. Mais il arriverait bien un jour où il n'y aurait plus personne à tuer, non ? Son rêve utopique explosa comme une bulle de savon.

— Tu sais que ça ne pourra pas durer éternellement tout ça. Qu'allons-nous devenir, après ? Vous y avez pensé ?

Giuliana et Oscar n'y avaient pas beaucoup plus réfléchi. Pour tout dire, ils n'avaient pas pensé à grand-chose depuis quelque temps. Les deux tourtereaux passaient leur temps à batifoler, tuer et tester de nouvelles recettes. Pour eux, il n'y avait pas à penser à l'après. La lune de sang allait continuer encore et toujours.

Enfin, c'est ce que Giuliana pensa jusqu'au moment où Rose posa la question.

— Euh, je n'y avais pas pensé, non. Vous croyez qu'on va retourner en Enfer ?

— Oui, je pense...

— Mais la reine n'avait-elle pas parlé d'une ultime récompense ?

Caleb y croyait dur comme fer à cette récompense. Les autres... peut-être un peu moins. Le temps s'était écoulé et les tueurs avaient commencé à cerner Lily qui agissait souvent dans ses propres intérêts.

Mais quel était celui-ci ? Les tueurs seraient-ils éjectés de l'équation aussi vite qu'ils y étaient entrés ? Seraient-ils traités comme des héros ? Ou des zéros ?

Les questions fusaient, les réponses non. Aucun des cinq tueurs ne finit son assiette, trop préoccupé par les interrogations soulevées par Rose. Certes, ils étaient morts et devaient l'assumer ou du moins l'accepter, mais étaient-ils prêts à retourner sous terre, à ne rien faire de particulier de leur journée ?

Bloody apparut au moment propice, comme si elle avait senti le doute s'installer chez ses alliés.

— Vous en faites une tête ! Qu'est-ce que vous avez ? L'Argentin n'est pas à votre goût ?

Rose n'attendit pas une seconde de plus, elle mit les pieds dans le plat, et pas celui qu'avait concocté Giuliana.

— Lily a prévu quoi pour nous à la fin du voyage ?

Bloody, qui était en train de s'approcher de la table, eut un mouvement d'hésitation qui ne dit rien de bon à la tueuse à la hache. Cette dernière fixait la démone avec attention, décryptant le moindre de ses gestes.

— Euh, j'en sais rien, n'aviez-vous pas vu cela avec elle ?

— Non. Elle nous a parlé d'une récompense ultime, de notre choix, mais pas du reste.

— Écoutez, je n'en sais pas plus que vous sur ce point. Vous devriez lui demander quand elle viendra.

— Et quand ?

Anton s'était levé, tandis que Bloody s'était assise à côté de Caleb.

— Je ne sais pas, après la tuerie de ce soir sûrement.

Giuliana se rendit soudainement compte que Lily faisait de plus en plus d'apparitions sur terre, elle se remémora alors les mots de la démone concernant la puissance de la reine.

— Pourquoi vient-elle de plus en plus souvent ?

— Ça lui fait plaisir de voir vos carnages de ses propres yeux.

— N'est-elle pas en train d'accroître sa puissance ?

Le silence se fit. Rose, Anton, Oscar et Caleb comprirent immédiatement où voulait en venir Giuliana. La question qui demeurait cependant était la suivante : pourquoi Lily avait-elle besoin de plus de puissance ? Dans quel but ?

Bloody avait certainement des réponses, puisqu'elle se renfrogna sur sa chaise et chercha à tout prix à changer de sujet.

— Je n'en sais rien ! Vous avez tout préparé pour ce soir ?

— Ne change pas de sujet, Bloody ! T'es le bras droit de la reine, tu en sais forcément plus, alors parle !

Bloody avait beau adorer les tueurs, dont un plus que les autres, elle ne pouvait trahir sa reine. Il était hors de question pour elle de faire ou dire quoi que ce soit qui lui causerait du tort. Lily avait des plans très précis en tête et personne ne devait interférer.

La démone se leva si vite qu'elle renversa sa chaise sur le sol, puis elle déclara la mâchoire serrée :

— Écoutez, vous n'êtes rien ni personne pour exiger quoi que ce soit de notre reine. Si Lily agit d'une façon, c'est qu'elle a ses raisons. Vous n'avez besoin de savoir que ce qu'elle vous autorise à savoir.

Anton s'avança, déterminé à malmener un peu la démone pour qu'elle parle, mais un nuage de fumée et une détonation sourde l'interrompirent dans son mouvement.

Vêtue de cuir, comme toujours, Lily fit son apparition et s'avança au milieu des tueurs. Ils n'étaient plus attablés, la colère les ayant poussés à se lever instinctivement.

— Eh bien, sacrée ambiance.

Avec nonchalance, Lily s'installa en bout de table et fit venir à elle une assiette de côtelettes grillées aux épices.

— C'est toi qui les as préparées, Giuliana ?

— Oui.

— Ça a l'air délicieux.

La reine, comme si rien ne se jouait autour d'elle, commença à grignoter l'humain qu'avait cuisiné la cannibale. Enfin, il n'était plus question d'une seule cannibale puisque tous avaient adopté ce régime.

— Lily, tu dois nous donner des réponses.

— À quelles questions ?

Elle jouait l'innocence à la perfection, mais tous les tueurs présents savaient pertinemment qu'elle était au courant. Elle ne serait pas apparue ici sans une bonne raison, au beau milieu d'une conversation qui la concernait.

Rose en avait marre de ce petit jeu, elle fulminait sérieusement.

— On devient quoi après ?

— Après quoi, après le dîner ? Après la fonte des glaces ? Après l'extinction du rap ?

— Après notre mission, bordel !

La tueuse à la hache avait tapé du poing sur la table, ce qui eut le mérite de faire lever les yeux de Lily. Des yeux noirs de colère.

— Tu vas apprendre à surveiller ton langage, parce qu'il se pourrait qu'au lieu de te récompenser je décide de te punir. Vu ?

La terre se mit à trembler. Les cadres accrochés sur les murs se décrochèrent en partie, les meubles vibrèrent et la vaisselle se mit soudain à exploser.

L'hôtel *Faena* de *Buenos Aires* allait finir par s'effondrer sous la force des tremblements.

Les tueurs n'avaient pas peur. Ils ne craignaient plus rien après tout ce qu'ils avaient traversé et ils restèrent donc de marbre face à la fureur sombre de Lily.

Cette dernière, quand elle se rendit compte que son petit numéro ne fit frémir personne, explosa de rire en faisant cesser les tremblements de terre. Ça eut au moins le mérite de surprendre le *Killers Gang* qui écarquilla de grands yeux.

Rose pensa que la reine était folle. Elle avait viré barge au contact des pires espèces de l'humanité et des tortures qu'elle imposait. Anton se dit qu'il était temps de tuer Lily et il se mit à imaginer sa tête sur une pique. Oscar comme toujours se demanda si elle brûlerait. Giuliana imagina le goût de sa chair. Caleb quant à lui commença à penser que la fin de leur aventure approchait.

— Vous êtes difficilement impressionnables. C'est assez marrant.

— Écoute, on veut juste des réponses, c'est tout. Pas besoin de démolir l'immeuble...

Lily tourna la tête vers Caleb et s'essuya la bouche avant de boire une gorgée de vin. Le silence s'installa et demeura quelques secondes. Elle utilisa ce laps de temps pour se lever et faire le tour de la pièce, songeuse. Devait-elle leur dire la vérité ? Non, bien sûr que non. Ils avaient beau aimer le chaos et la mort, ils n'accepteraient pas de connaître le plan final. Ils tenteraient de s'y opposer.

Alors, elle devait trouver un moyen de garder leur confiance, un moyen de leur promettre quelque chose auquel ils aspiraient, sans pour autant le leur livrer à la fin. Il n'y aurait rien à offrir de toute façon.

— Bon, je ne voulais pas en parler maintenant. Je pensais attendre qu'on arrive effectivement à la fin de toute cette merveilleuse aventure.

Suspendus aux lèvres de la reine, les tueurs se rassirent.

— Je vous ai parlé d'une récompense ultime, alors si vous voulez en parler maintenant, allons-y. Rose, Anton, que voulez-vous ?

Instinctivement, et s'étant concertés quelques heures auparavant, le couple fraîchement marié répondit en chœur :

— Rester ensemble.

— Vous êtes adorables ! Évidemment, je ne vous sépare pas, mais où voulez-vous aller ? Sur terre ? Sous terre ? Une île déserte au milieu du pacifique ? Une toundra enneigée ?

— Aucune idée...

Rose regarda Anton, vers quel endroit allait se porter leur choix ? Ils avaient parcouru tant de pays et de villes, où allaient-ils décider de passer le reste de leur mort ?

— Pensez grand, je peux vous envoyer absolument partout. Je peux vous créer votre propre réalité. Vous n'êtes pas obligés de me donner une réponse tout de suite. D'ailleurs, tous les cinq, réfléchissez à ça et donnez-moi une réponse quand vous avez trouvé. D'accord ?

Les tueurs hochèrent la tête, Caleb savait déjà où il voulait aller, mais il lui fallait s'assurer que celle avec qui il voulait finir soit d'accord. Oscar et Giuliana allaient devoir en parler, puisqu'il était exclu qu'ils se séparent aussi.

— Allez vous préparer pour votre tuerie de ce soir. Je vous vois après.

Sans attendre de réponse, la reine disparut dans un nuage de fumée et laissa les tueurs à leurs pensées. Ces derniers étaient apaisés à l'idée de décider eux-mêmes de l'endroit où ils finiraient. Ils étaient vraiment loin de se douter de ce qui allait réellement se passer.

Seule Bloody savait, mais elle avait juré allégeance à sa reine et elle ne l'aurait trahie pour rien au monde. Absolument rien.

CHAPITRE VINGT-TROIS

Caleb et Bloody remontèrent dans la chambre qu'occupait l'étrangleur dans le but de se préparer pour la tuerie. Mais le jeune homme avait un autre sujet en tête et se demandait bien comment l'aborder avec la démone.

En se raclant la gorge, il s'avança vers elle et prit sa main.

— Dis, j'ai pensé à ce qu'a dit la reine tout à l'heure...

Bloody eut un léger mouvement de recul. Elle savait ce qu'allait dire Caleb et elle se devait de l'interrompre avant qu'il n'aille plus loin.

— N'y pense pas maintenant. Tu verras plus tard.

— En fait, c'est déjà tout vu. Mais je voudrais avoir ton avis.

La démone respirait rapidement, elle prit de la distance en prétextant vouloir affuter ses lames et s'installa sur le rebord du lit. Elle s'affaira tandis que Caleb cherchait les bons mots pour aborder le sujet.

Il avait du mal à ouvrir son cœur, il ne savait pas comment commencer sa phrase, mais surtout il avait peur. Peur d'être rejeté par celle qu'il aimait. Car oui, il aimait Bloody et il en était désormais sûr et certain. La démone à la peau rouge avait capturé son cœur et il était déterminé à lui prouver.

— Que penses-tu de rester ensemble ? Je me suis attaché à toi, Bloody et quand tout sera terminé, j'aimerais beaucoup que l'on reste tous les deux. On s'entend bien, on aime tuer autant l'un que l'autre et...

le sexe c'est dément entre nous ! T'es belle et démoniaque, j'adore tout chez toi !

Bloody était assez touchée par ces compliments, bien qu'elle sache déjà tout cela. Elle n'avait pas besoin que Caleb lui fasse part de ces choses pour les savoir, mais c'était toujours plaisant de l'entendre, son ego se trouvait flatté. Son ego seulement, puisque ses sentiments étaient inexistants. Elle était tout simplement incapable d'aimer. Tout au plus d'apprécier légèrement...

Elle savait en revanche que l'étrangleur souffrirait de son rejet et de son refus de le suivre. Devait-elle lui mentir elle aussi ? Devait-elle lui promettre monts et merveilles alors qu'il ne récolterait rien de plus que le néant ?

En temps normal, elle ne se posait pas autant de questions. Elle se contentait de prendre ce qu'elle désirait, de torturer et de se délecter de la souffrance des autres. Mais là, quelque chose était différent. Elle savait que de sa réponse dépendrait toute la suite du projet. L'enjeu était bien plus important qu'une simple *rupture*.

Elle devait espérer qu'en repoussant Caleb, il devienne encore plus enragé qu'habituellement et qu'il poursuive les tueries, il n'en restait pas beaucoup à faire pour que Lily soit à pleine puissance...

Et puis, Bloody repensa à Berlin. Les émotions avaient poussé Caleb à commettre des crimes formidables le soir où elle n'était pas revenue. Peut-être que la frustration, la tristesse et la colère allaient l'aider de nouveau ? Non, ce n'était pas un peut-être, c'était sûr et certain. Elle avait bien compris le mode de fonctionnement du jeune homme. Il ne lui restait plus qu'à l'utiliser à sa guise pour servir le but commun.

— Écoute, Caleb...

Ces deux mots firent frémir le tueur. Il savait qu'ils n'annonçaient rien de bon, même s'il n'était pas très familier avec les relations humaines. Il laissa retomber ses épaules et baissa la tête, tout en écoutant Bloody poursuivre.

— On passe du bon temps toi et moi, mais je crois que rester pour l'éternité avec toi ne fait pas partie de mes projets. Ce n'est pas vraiment envisageable.

— Quoi ? Mais...

Un instant, l'idée de supplier la démone et de l'implorer traversa la tête de Caleb. Mais il avait changé et ce comportement ne ressemblait pas à la nouvelle personne qu'il était. Il passa une main contre son crâne rasé de près — une coupe de cheveux qu'il entretenait et qu'il adorait —, puis recula pour s'adosser au mur. Une posture qui avait l'air innocente, mais qui était destinée à le maintenir sur ses deux pieds. Il craignait de flancher.

— Je sais, tes copains sont amoureux et tu pensais que ça serait mon cas avec toi, mais je n'en suis pas capable. Je n'ai pas la possibilité d'être amoureuse, c'est physiquement et physiologiquement impossible.

— Ouais, mais pourquoi rester avec moi presque tout le temps alors ? Pourquoi avoir été aussi gentille, aussi... attentionnée ? Tu ne peux pas rien ressentir, c'est impossible.

— Pour mon propre plaisir. J'aime le sexe et les tueries, tu les aimes aussi et les pratiques très bien. J'en ai profité, voilà tout.

— Tu t'es servi de moi ? C'est ça que tu dis ?

La colère était en train de croître chez Caleb. Son

rythme cardiaque s'accélérait, ses mâchoires étaient si serrées qu'elles commençaient à lui faire mal.

— Je pensais que tu l'avais compris, que t'étais au courant.

— Au courant que t'étais incapable d'aimer ? Comment j'aurais pu le savoir ? Je suis pas devin !

— Ouais, c'est vrai. Bon, écoute…

Bloody rangea ses lames qu'elle avait fini d'aiguiser, puis se leva du lit.

— Je sais que t'aurais adoré passer le reste de ta mort avec moi, qu'on vive d'amour et de sexe pour l'éternité, mais ça n'est pas possible.

— Oui, j'ai compris. Je comprends juste pas pourquoi t'as passé tout ce temps avec moi. J'ai cru qu'on était proches.

— C'était pour le cul, principalement. Même si t'aimerais me garder pour l'éternité, ce n'est vraiment pas possible. Ça n'arrivera pas.

Dans sa tête, Caleb se demandait pourquoi elle semblait si insistante, pourquoi elle répétait ces mots qui le blessaient de cette manière. La colère coulait dans ses veines comme un poison puissant contre lequel on ne peut pas lutter. Caleb ne pouvait pas combattre sa rage.

Elle l'animait, elle le possédait entièrement et le rendait aveugle lorsqu'elle atteignait son paroxysme. Et elle montait justement crescendo…

— J'ai compris, putain ! Pourquoi tu le répètes encore ?!

— Pour que tu le saches, c'est tout. Je ne veux pas de toi pour toujours.

Ces mots furent encore plus blessants que les précédents et Caleb dut retenir l'élan de rage qui l'aurait poussé à tout détruire dans la suite. Pourquoi Bloody était-elle si insistante, nom d'une diablesse ?!

La démone savait pourquoi et elle le faisait à contrecœur. En partie.

Elle avait compris que la colère de Caleb était son moteur et elle ne cherchait qu'à la provoquer afin de le mettre dans les meilleures conditions pour la tuerie à venir. Elle s'y prenait à merveille.

Caleb bouillonnait de l'intérieur, il serrait les poings et les dents, poussé à bout par la démone. Son cœur battait à un rythme effréné, le sang qui circulait dans ses veines lui paraissait soudain bien plus chaud. Dans ses oreilles, il entendait le rythme du liquide qui circule et ça avait le don de l'énerver un peu plus.

— Je crois que tu ferais mieux de partir.

Comme *Bruce Banner* sent *Hulk* arriver, Caleb sentait ses accès de colère venir. Et celui-ci allait être terrible, violent, sanglant. Il ne tenait vraiment pas à s'en prendre à Bloody, même si l'idée lui traversa l'esprit une demi-seconde.

La démone comprit qu'il allait être dans les meilleures dispositions possibles pour la soirée et n'insista pas. Elle ne tenta pas de le raisonner, elle avait fait son job, Caleb était à deux doigts de la crise de nerfs.

Elle pencha la tête sur le côté, se redressa et avant de disparaitre, elle lui dit :

— Tue le plus de monde possible ce soir, la libération est proche.

Pourquoi avait-elle dévoilé cela ? Elle ne le savait même pas elle-même. Se pourrait-il finalement qu'elle éprouve quelque chose pour le tueur ? Non ! Impossible ! Elle n'était pas capable d'amour, comment pourrait-elle vouloir le prévenir de cela ? D'ailleurs, elle n'avait pas vraiment dévoilé grand-chose. Par libération, elle pouvait tout à fait faire allusion à la grande récompense promise par la reine.

Dans un nuage de fumée, elle réapparut au rez-de-chaussée de l'hôtel, où attendaient Maze, Everdeath et Deathly. Les démones avaient eu envie de se joindre à la petite fête et Lily avait accepté, consciente que le dénouement était plus proche qu'espéré.

CHAPITRE VINGT-QUATRE

Dans la suite de Giuliana et Oscar, la température était montée d'un cran. Les deux tueurs avaient découvert les plaisirs du sexe l'un avec l'autre et ne se privaient pas pour les explorer. De nombreuses fois, dans de nombreuses positions, de diverses façons.

Giuliana, qui n'avait goûté au plaisir que lors de ses tortures rapidement écourtées, découvrait son corps et celui de son amant avec joie. Elle aimait tout particulièrement quand Oscar jouait avec ses mains et la touchait comme jamais elle ne l'avait été. D'autant plus quand ce dernier était recouvert du sang de leurs victimes. Dans la mort, elle apprit à apprécier un autre être humain, ce qu'elle pensait réellement être impossible. Enfin, un être humain non cuisiné qu'elle piquait avec sa fourchette, car ceux-là, elle les adorait !

Mais Oscar, elle l'aimait bien, elle l'aimait beaucoup même et elle appréciait chaque moment passé avec lui. Surtout ceux où ils tuaient ou baisaient.

Le pyromane aussi adorait sa petite Italienne. Leurs conversations tournaient souvent autour de la mort, autour des choses qu'ils avaient faites de leur vivant et de tout ce à quoi ils aspiraient à l'époque. Ainsi, il avait appris le goût prononcé de la cannibale pour la torture, pour la cuisine et sa haine des autres. Il partageait évidemment tout, le feu en plus.

Pour la première fois de sa vie, au détour d'une conversation somme toute banale, il avait parlé de sa passion pour le feu et avait compris d'où elle venait.

Giuliana n'était pas uniquement douée pour cuisiner l'humain, elle l'était aussi pour le comprendre et l'aider à se comprendre. Lorsque Gale avait trois ans, il était tombé sur un paquet d'allumettes. Comme n'importe quel gosse de cet âge, il avait voulu jouer avec et voir à quoi cela servait. Il n'avait pas été déçu.

Le feu s'était répandu dans sa chambre à une vitesse fascinante et sa mère l'avait tiré de là *in extremis.* Il avait failli mourir, mais avait par la même occasion développé une passion pour cet élément aussi beau que destructeur.

C'est Giuliana qui lui avait fait remarquer cela. Pour lui, ce moment de sa vie n'avait été qu'un parmi tant d'autres, mais il n'en était rien. Ce moment avait été le déclencheur de son amour pour le feu, la destruction et plus tard : la mort.

Car le feu l'entraînait et la manière dont il adorait l'élément l'avait conduit à aimer tout autant ce que ce dernier provoquait. Mort, douleur, cris...

Allongé contre la belle Italienne, Oscar se mit à penser à ce dont avait parlé Lily. Que voulait-il pour la suite ? Voulait-il rester avec Giuliana ? Voulait-il autre chose ? Oui, mais quoi ?

Il n'avait jamais songé à cela. Depuis qu'il était mort, il avait passé tout son temps dans une chambre, ou ce qui y ressemblait le plus, à tourner en rond, à lire, à allumer un briquet... il ne faisait pas grand-chose, mais il se sentait bien quand même. En réalité, il n'avait pas à penser à quoi que ce soit, il avait ce sentiment de plénitude constant. Ce qui se rapprochait de la description faite du paradis finalement.

Mais depuis qu'il était sorti de son antre, qu'il avait repris goût à la *vie*, il ne voulait plus vraiment y retourner. Quant à savoir à quoi il aspirait, c'était une autre histoire.

— À quoi tu penses, Gale ?

Giuliana tira le pyromane de ses pensées brusquement et il hésita une seconde à lui dire la vérité. Ils n'avaient jamais défini leur relation, mais être honnête faisait partie de leurs valeurs communes alors cette hésitation ne dura réellement qu'une seconde.

— À ce que nous a dit Lily.

— Par rapport à l'*après* ?

— Ouais.

Giuliana eut l'impression que son cœur s'arrêta de battre un instant. Pas qu'elle appréhendait vraiment cette discussion, mais tout de même. Depuis que Rose avait parlé de ça, que la reine était apparue et qu'elle leur avait promis la récompense ultime, elle n'y avait pas trop repensé. Il fallait dire qu'elle avait été assez occupée avec Oscar et que son esprit s'était concentré sur autre chose. Quelque chose de délicieux.

Maintenant que son amant torride soulevait la question, elle réalisa qu'il était peut-être temps d'y songer. Après tout, elle devait déterminer où et comment elle passerait l'éternité. Car il était bien question de cela. Elle était morte, rien ne viendrait mettre fin à cet état et donc, elle devait bien choisir, décider de ce qui était mieux pour elle.

Quel était-il ? Un refuge au fond des bois, entouré d'animaux ? Oui, mais seule ? Avec Oscar ? Les autres ? Les bois, ou ailleurs ? La seule chose dont elle était sûre, c'est qu'elle voulait être entourée d'animaux. Ils lui manquaient terriblement et les quelques-uns qu'elle avait eu l'occasion de croiser lui avaient rappelé son amour des bêtes, qu'elle avait eu la sensation d'oublier. Elle s'était sentie revigorée de câliner quelques chats et chiens, mais n'avait malheureusement pas pu faire plus compte tenu de sa mission de tuerie.

Est-ce que Gale accepterait de rester avec Giuliana jusqu'à la fin des temps ou quelque chose comme ça ? Mais est-ce que Giuliana l'accepterait elle-même ? La question était extrêmement difficile et ni le pyromane ni la cannibale n'avait de réponse claire, précise et définitive.

— T'as envie de faire quoi, toi ?

— J'en sais rien, Oscar. C'est un choix qui me semble difficile.

— Ouais, c'est c'que je pense aussi.

— La seule chose dont je suis sûre c'est que je voudrais avoir des animaux avec moi.

— Quel genre ?

— J'en sais rien, des chats, des chiens, des poneys, des chèvres... vraiment, j'aime toutes les races. Tant que j'ai des animaux, je serai heureuse.

— J'adore les chats.

Giuliana ne sut dire si Oscar lui disait cela pour lui faire passer un message, mais elle sourit lorsqu'elle le visualisa en train de s'occuper de chatons. Une image complètement surréaliste, mais tellement attendrissante. Même si elle adorait tout autant le voir décapiter des gens.

Curieuse, la cannibale se redressa et planta son regard dans celui du pyromane.

— Ça veut dire quoi... ?

— Rien, juste que... j'aime les chats.

D'une main, il caressa les cheveux de celle qu'il aimait et approcha ses lèvres pour l'embrasser sur le front.

— Pas de pression. J'sais même pas encore c'que je veux. Juste… j'aime les chats, Giuliana.

— Oh… OK, alors… euh, on y pense ?

— On y pense.

Pour toute personne extérieure, cet échange pouvait sembler surréaliste et sans queue ni tête. Mais les deux tueurs s'étaient compris, ils n'avaient pas besoin d'en dire plus, pas besoin de se promettre quoi que ce soit, pas besoin d'autre chose.

Ils allaient y penser. Ils allaient tuer des centaines et des milliers de personnes ce soir, puis… ils y penseraient.

Après un baiser langoureux, les deux quittèrent le lit et allèrent se préparer pour la tuerie à venir. Ils enfilèrent les tenues sombres que leur avait préparées Rose, puis ils descendirent dans le hall et rejoignirent le reste de la bande.

Il ne manquait plus que Caleb, qui venait juste de retourner toute sa suite dans un accès de colère.

CHAPITRE VINGT-CINQ

Les choses n'avaient pas tourné comme Lily l'espérait. La tuerie de Buenos Aires avait été belle, majestueuse, merveilleuse, mais elle ne lui avait pas donné accès au pouvoir suprême qu'elle espérait tant. La reine commençait même à désespérer.

Dans son antre sous terre, elle enrageait. Elle avait brisé des murs de pierre, elle avait mis sens dessus dessous sa salle du trône tandis que les tueurs poursuivaient leur tournée. Même les démones les plus fidèles tremblaient d'effroi. Elles savaient très bien qu'une Lily en colère pouvait être... désastreuse.

L'Enfer tout entier tremblait, des sols aux plafonds, sans exception. Le royaume frémissait de la colère de la reine. Car les tueries s'enchaînaient, les tueurs se déchaînaient et le pouvoir n'était toujours pas à son apogée.

Les tueries de Rio de Janeiro, Santiago, Lima, Bogota et Caracas n'avaient rien donné. Celle de Mexico qui avait eu lieu quelques minutes plus tôt... rien non plus !

Ah, les violences se déchaînaient pourtant sur terre. Les humains se déchiraient entre eux, la peur et la haine étaient les émotions les plus présentes chez tout le monde, sur tous les continents, mais ce n'était pas encore assez. Que fallait-il de plus, nom d'un démon sans corne ?!

Lily était pleine de ressources, mais la patience n'était vraiment pas son fort. Cela ne faisait absolument pas partie d'un trait de caractère chez elle.

La tête envahie par les flammes, les yeux aussi incandescents que la lave, Lily tapa dans le sol avec violence et une énorme fissure se créa.

— Mais que faut-il qu'ils fassent, putain de merde !

Bloody s'avança, quand la reine était dans cet état, elle était la seule à pouvoir l'approcher. Personne d'autre ne pouvait lui adresser un mot sans être réduit en cendres. Auramerith en savait quelque chose... La pauvre démone avait eu le malheur de vouloir apaiser une des colères de la reine et s'était retrouvée pulvérisée. Elle attendait encore de renaître de ses cendres, que Naama surveillait avec beaucoup d'attention.

— Ma reine, je pense avoir une idée.

— Et quoi comme idée ?!

— Je pense qu'ils devraient aller aux États-Unis.

— Pourquoi ?

— Parce que c'est le seul pays qui se croit au-dessus de tout et qui ne cède ni à la violence ni à la panique.

D'un geste de la main, la démone fit apparaître un écran où se trouvait la carte du pays en question. Comme dans un de ces films de science-fiction bizarres, les jauges indiquaient le niveau de peur et de haine, qui étaient largement en dessous de tous les autres. Pourquoi ? Elle l'ignorait.

Même en Afrique et en Australie, deux continents sur lesquels les tueurs n'avaient pas mis un pied, la violence se déchaînait. Ils avaient tous succombé, sauf les Américains. Pourquoi ?

La reine se calma un peu, les tremblements s'arrêtèrent et toutes les démones reprirent enfin leur souffle.

— Comment ça se fait ? Pourquoi les USA sont immunisés ?

— Je ne pense pas que ce soit le cas, c'est juste qu'ils sont moins sensibles à tout ça.

— Et on doit envoyer le gang là-bas alors ?

— Oui je pense…

Lily ne réfléchit pas plus longtemps que ça, elle avait confiance en Bloody et elle savait que la démone lui était totalement dévouée. Elle l'avait prouvé avec Caleb.

— Alors, envoie-les là-bas tout de suite.

— Je peux demander à Maze de le faire ?

— C'est par rapport à Caleb ?

— Oui, je pense que c'est mieux s'il ne me voit pas. Je ne tiens pas à alimenter ses espoirs.

— Si tu le dis.

Lily tourna la tête vers Maze, qui était dans un coin de la pièce, appuyée sur sa lance à la lame épaisse.

— Maze, envoie-les aux États-Unis. Commence par… New York.

— Tout de suite, ma reine.

Dans un nuage de fumée, la démone disparut dans le but d'obéir à sa reine.

Maze apparut dans la rue, là où les tueurs se trouvaient encore à profiter du silence de mort qui s'était abattu sur Mexico.

— Hey ! Je dois vous amener à New York, venez !

Le *Killers Gang* fit face à Maze et, sans poser de questions, s'approcha de la démone.

Depuis le petit discours de la reine sur le *après*, ils avaient convenu d'obéir aux directives sans tenter de les interpréter. Ils avaient bien compris que la reine était mystérieuse et que ses desseins n'étaient pas de leur ressort. Ils se fichaient bien d'ailleurs de ce qu'elle mijotait, puisqu'elle avait promis de leur offrir ce qu'ils désiraient.

Rose et Anton s'étaient mis d'accord pour une villa sur une île déserte, au soleil toute l'année, avec de rares humains à massacrer. Là, ils prolongeraient la lune de miel jusqu'à la fin des temps et seraient tout simplement heureux.

Giuliana et Oscar avaient fini par se mettre d'accord sur une ferme à proximité d'une forêt, avec une multitude d'animaux. Ils n'étaient pas encore certains que ça fonctionne, ils étaient tous deux effrayés à l'idée de rester ensemble pour l'éternité, mais ils avaient réclamé un terrain et une maison suffisamment grands pour pouvoir prendre de l'espace en cas de besoin.

Caleb quant à lui s'était résigné. Il voulait retourner en enfer, tout simplement. Il n'avait pas envie de rester sur terre ou de trouver un lieu paradisiaque où passer l'éternité. Il voulait juste en finir avec tout ça et retourner dans le calme de sa *chambre.*

En un clignement de paupières, Maze fit téléporter les tueurs au sommet d'un building avec vue sur *Central Parc*, au cœur de *Manhattan.*

— Bon, je vous laisse préparer votre prochain coup. À plus !

Maze disparut aussi vite, cette démone n'était réellement pas très sociable et se fichait bien des tueurs, ils n'étaient qu'un outil pour elle.

— Bon, si on allait tous prendre une douche ?

Les tueurs hochèrent la tête et partirent chacun de leur côté pour nettoyer tout le sang dont ils étaient recouverts. Comme à chaque fois qu'ils prenaient possession d'un nouvel hôtel, ils trouvèrent instinctivement leurs chambres, remplies de leurs affaires. Ils se demandaient d'ailleurs comment une telle chose était possible, même s'ils commençaient à savoir qu'il ne fallait pas tenter de comprendre. Selon Lily, tout était possible, il fallait penser gros.

Tandis que l'eau chaude s'écoulait sur les muscles endoloris de Rose, diffusant le sang qui la recouvrait en un filet rosé dans la douche, elle se mit à repenser à la reine. Elle avait prononcé ces mots si souvent, que la tueuse commençait à se demander si cela n'avait pas un sens caché.

Et si le but de Lily les dépassait tous ? Et si le final engendrait bien pire encore que tout ce qu'il se passait déjà ? En arrêtant de limiter son esprit, Rose se rendit compte que les possibilités étaient infinies et que la reine pourrait faire absolument tout ce qu'elle voudrait.

Et si son envie était de ramener tous les démons sur terre ? Et si son but était de prendre le contrôle de la planète ? Cela expliquerait comment elle comptait les faire vivre aux endroits qu'ils avaient demandés. Tout ceci n'était donc qu'une tentative de prise de pouvoir. Pourquoi ne pas leur avoir dit ? Les tueurs n'allaient certainement pas s'opposer à cela.

Enfin, Rose était tout de même assez éloignée de la vérité, même si elle s'en était un peu rapprochée. Car ce qui allait réellement se produire allait être nettement bien pire.

CHAPITRE VINGT-SIX

New York était calme. La ville ne subissait aucunement les effets de la haine et la peur comme les autres, ce qui étonna grandement les tueurs. Ils pensaient mettre les pieds dans une ville sens dessus dessous, en proie à la même rage à laquelle ils avaient assisté depuis des mois. Mais rien.

Les New-Yorkais vivaient de façon tout à fait normale et aucun ne frémissait de peur, aucun ne s'en prenait à son prochain de façon violente. Enfin, pas plus que d'habitude.

Rose, qui était heureuse de remettre les pieds aux États-Unis, trouva cela très bizarre. Ça n'avait même aucun sens...

— Comment ça se fait que tout soit si...

— Calme ? termina Giuliana.

— Oui.

— Aucune idée, Lily n'avait pas dit que nos actes semaient le chaos ? Ils ont l'air vachement en forme... constata Caleb.

Au milieu d'une foule quasi compacte en plein centre de *Time Square*, les tueurs ne comprenaient rien et sondaient du regard les personnes qu'ils croisaient avec un peu trop d'insistance. Certains fronçaient les sourcils, tandis que d'autres accéléraient le pas.

Caleb se détacha un peu du groupe, une cigarette coincée entre les lèvres, et observa les alentours. Cet endroit était réellement incroyable ! Malgré tous ceux qu'il avait vus à travers le monde, celui-ci s'était déjà hissé au rang de numéro un de ses préférés. Les écrans lumineux, les gens qui allaient et venaient en rythme, comme une danse minutieusement répétée. Les odeurs de nourriture, les sons ambiants de musique, de discussions animées et des voitures qui circulaient. Oui, en une seconde, cet endroit devint le préféré de Caleb. Quel dommage qu'il ne soit bientôt plus qu'un souvenir !

Le Killers Gang devait déposer des bombes avec l'aide de Maze aux quatre coins de Time Square, mais ils avaient décidé de venir avec un peu d'avance pour faire un peu de repérage et se délecter de la haine des Hommes. Mais il n'y avait rien de tel ici. Pourquoi ?! Aucun des cinq ne le savait.

Alors quand Maze fit son apparition quelques minutes plus tard, Rose, Giuliana et Caleb s'empressèrent de lui poser des questions.

— Pourquoi ils sont pas impactés par le chaos ?

— Qu'est-ce qu'il se passe ici ?

— Nos meurtres ne font plus d'effets ?

Maze fronça immédiatement les sourcils et leva une main pourvue de longues griffes en l'air.

— Oh, oh ! Vous allez vous calmer ou quoi ?!

— On veut des réponses ! Merde ! gueula Anton sans se soucier du monde alentour.

Il en avait marre de toute cette histoire, en dehors du fait qu'il ne comprenait pas tout à ce qu'il se passait, comme les autres d'ailleurs, il commençait à avoir la sensation d'être un pion. Ce qui était vrai.

Maze toisa Anton, malgré sa petite taille face au géant russe.

— Je sais pas pour qui tu te prends toi, mais je te conseille de te calmer tout de suite. Je me fiche que tu crèves, compris ?!

Anton serra la mâchoire et s'avança d'un pas vers la démone, avant de l'empoigner par la gorge. Sans qu'il puisse accompagner son geste d'une parole assassine, il sentit une chaleur sous sa paume et fut forcé de lâcher sa prise.

— Salope !

Le géant russe regardait sa main qui lui brûlait comme jamais et Maze en profita pour lui attraper le menton, ce qui fit réagir Rose. La tueuse s'approcha et fut maintenue à distance par la force de la télékinésie.

— Pourquoi vous essayez toujours de lutter contre nous ? Vous n'avez toujours pas compris qu'on est au-dessus de tout ce que vous pouvez imaginer ?

— Lâche-le, espèce de grosse connasse !

Anton souffrait de la brûlure qu'infligeait Maze à son visage, il sentait une chaleur désagréable envahir le moindre de ses muscles, de ses nerfs, de ses os...

Maze explosa de rire, elle ne lâchait rien et les quelques passants qui prêtaient attention à la scène commençaient à trouver tout ça très étrange. Qui était cette femme au look étrange ? Son maquillage était vraiment bien réalisé ! Qui étaient ces gens ? Pourquoi se disputaient-ils ainsi en plein milieu de Time Square ? Était-ce un spectacle ?

Un petit groupe de dix personnes s'était formé, persuadé qu'il était question d'une représentation alors que la tension était à son comble.

Caleb, celui qui passait le plus inaperçu, se déplaça avec lenteur afin de se trouver derrière Maze, tandis que celle-ci continuait sa petite joute verbale avec Rose, tout en irradiant Anton de douleur. L'étrangleur, qui avait toujours une arme quelconque sur lui, sortit de sa poche une matraque télescopique et se retint de rire face à l'utilité qu'elle avait finalement. Il l'avait placée dans son manteau juste comme ça, au cas où, et il allait finalement l'utiliser contre Maze.

Il la déplia d'un geste sec et l'abattit aussitôt avec une extrême violence sur l'arrière du crâne de la démone, qui ne vit rien venir. Maze s'effondra sur le sol et Anton reprit enfin son souffle. La douleur s'estompa au fil des minutes et grâce à l'étreinte de Rose. Quand cette dernière fut assurée que son mari allait bien, elle se rua vers Maze, mais fut interrompue par une force invisible.

Lily fit alors son apparition et, vu la tête qu'elle faisait, elle avait l'air très en colère.

— Je peux savoir ce que vous foutez, nom d'une âme torturée ?!

— Ta salope de démone a fait du mal à Anton, elle va le payer de sa vie ! Relâchez-moi ! hurla Rose, déchaînée.

— Non ! Tu ne touches pas à Maze !

Lily fit un pas vers sa démone et lui redonna conscience à l'aide d'un simple toucher. Maze se releva, plus enragée que jamais, et s'apprêta à frapper Rose quand la reine l'en empêcha.

— Personne ne frappe personne, personne ne tue personne ! Merde à la fin ! Dois-je vous rappeler le but ultime ?

Maze baissa la tête, puis elle se positionna derrière sa reine en s'excusant. Rose pouffa de rire et quand elle reprit possession de son corps, elle alla aux côtés d'Anton, qui avait lui aussi été immobilisé.

— Bon, c'était quoi le plan, poser des bombes c'est ça ?! demanda Lily.

— Ouais, répondit Anton avec rage.

— Alors, allons-y.

Au moment où la reine prononça ces mots, les tueurs se rendirent compte que le temps s'était arrêté et venait de reprendre son cours. À quel moment était-ce arrivé ? L'arrivée de Lily avait-elle suspendu le temps ? Possible, mais aucun des cinq n'avait été assez attentif pour s'en rendre compte.

Sur les nerfs, les tueurs, Lily et Maze formèrent des groupes et tous allèrent déposer les bombes qu'ils avaient dans leurs sacs à dos aux quatre coins de Time Square. Dans les fondations de certains buildings, dans le métro, au sommet de quelques gratte-ciel. Ils avaient tout prévu pour que l'explosion réduise le quartier à néant.

Quand ils eurent fini, ils refirent apparition à l'hôtel et la reine semblait apaisée, heureuse même.

— Vous commencez à quelle heure ?

Giuliana regarda sa montre, puis répondit :

— Après le dîner, vers vingt heures trente.

— Bien, et quel est le programme ?

Oscar prit la parole :

— On tranche quelques gorges au *9/11 memorial* et ensuite on fait tout péter.

— Fantastique ! Ça va être magnifique !

— Ouais.

Les tueurs avaient du mal à s'enthousiasmer après ce petit épisode avec Maze, alors qu'ils étaient impatients de faire trembler New York. La tension était encore bien présente...

— Maze, va poser des bombes à *Wall Street*, sur cette fichue *Statue de la Liberté* et surtout à l'*Empire State Building*.

— Oui, ma reine.

La démone disparut et tous comprirent qu'elle était déjà à l'œuvre. La reine profita de son absence pour remettre un peu les points sur les « I » avec ses tueurs, ses pions.

— J'attends de vous du professionnalisme, pas de l'amateurisme. Alors restez concentrés sur la mission.

— C'est ce qu'on fait.

Rose, qui n'avait toujours pas digéré la réaction de Maze, n'oublia pas les questions qui avaient provoqué cette altercation. Elle les posa donc à la personne qui savait tout, ou qui était supposée tout savoir.

— Lily, on a posé quelques questions à Maze. Peut-être pourras-tu nous répondre ?

— Oui, à propos de quoi ?

— Pourquoi les gens ne sont pas touchés par le chaos comme dans les autres pays ? Tout ce qu'on a vu en Amérique du Sud dépassait l'entendement, les images rapportées par les médias en Europe, en Asie et même en Afrique et en Australie, c'est juste dingue. Pourquoi ici rien ne se passe ?

— C'est une bonne question. On a des théories, rien de concret, mais rassurez-vous, après ce soit ça changera. Ils se croient au-dessus de tout, ils pensent que vous n'allez pas les atteindre.

Anton répondit avec les mâchoires serrées :

— Ils se trompent.

— J'espère bien. Bon allez ! Remplissez vos estomacs avant ce soir, ça va être une merveilleuse soirée !

Euphorique, Lily disparut et rejoignit l'Enfer, d'où elle comptait bien profiter du spectacle.

Les tueurs se dispersèrent petit à petit, partant prendre une douche, se préparer et pour l'Italienne cuisiner un délicieux dîner.

En faisant tous ces gestes, ils étaient loin de se douter que ça allait être leur dernier repas, leur dernière soirée.

Ce soir, c'était la fin.

CHAPITRE VINGT-SEPT

Il y avait un monde fou au *9/11 memorial*, comme bien souvent. Les tueurs étaient entrés armés malgré la haute sécurité grâce à Deathly qui les avait rejoints. Au milieu des deux énormes trous de béton où étaient inscrits de milliers de noms et prénoms, le *Killers Gang* déambulait calmement. Ils attendaient que la démone ensorcelle les gardes et que les portes soient fermées, qu'aucune sortie soit accessible. Un piège mortel allait se refermer sur tous les visiteurs de ce lieu emblématique.

Et le signal ne tarda pas. Deathly n'eut pas besoin de beaucoup de temps pour que toutes les issues soient verrouillées ; ce qui donna champ libre aux tueurs. Les cinq en même temps sortirent leurs armes tranchantes. Hache, faucille, machettes et couteau de cuisine.

Caleb fut le premier à frapper en hurlant comme un dégénéré. La gorge qu'il trancha l'éclaboussa, lui donnant un air de *Carrie White*. Les personnes présentes furent horrifiées, les tueurs en profitèrent avec allégresse.

Rose coupa une tête, arracha un bras, planta sa hache dans un thorax, oubliant tous les désagréments de la journée.

De son côté, Anton tranchait des gorges en riant, il donnait des coups de pied et assommait ses victimes, en évacuant toute sa rage.

Oscar avait bloqué un petit groupe dans un recoin et il fracassa leurs crânes à l'aide de sa machette, ce qui le faisait beaucoup rire aussi. La façon dont la cervelle se répand quand la boîte supposée la protéger explose le fascinait.

Aidée de Deathly, Giuliana avait piégé un petit groupe d'amis et elle s'amusait à les éviscérer. Les tripes tombèrent au sol, déversant une partie de leur contenu sur le sol bétonné. Un bonheur.

Caleb était quant à lui toujours habité par sa colère et l'émotion parcourait ses veines à la manière d'une dose de cocaïne. Il était survolté et prenait un malin plaisir à tuer à tour de bras. Depuis le retour des tueurs sur terre, il était celui qui avait le plus changé, le plus évolué.

Ce massacre était beau, phénoménal, mais ce qui le rendit plus puissant fut la caméra de télévision et la présentatrice choquée qui se trouvaient non loin de là. Un journal avait lieu en direct et tous les Américains ou presque eurent sous les yeux les terribles images de cinq tueurs sanguinaires.

Sans mentionner les quelques personnes qui n'étaient pas encore mortes et qui se servaient des réseaux sociaux pour diffuser les images. L'année 2021 avait du bon, la technologie avait du bon...

Sous terre, tandis que l'horreur frappait au-dessus de sa tête, Lily sentit la puissance monter petit à petit en elle. Un sentiment incroyable, incomparable et qui avait un arrière-goût de piment. Assise sur son trône, elle ferma les yeux et laissa ce pouvoir entrer en elle et envahir jusqu'à la moindre parcelle d'elle-même.

Dans un souffle, elle réussit à dire à Bloody :

— Ça va commencer...

La démone frémit d'impatience. Elle savait ce qu'elle avait à faire et elle n'allait pas attendre avant de se lancer. Elle fit un sourire à sa reine, qui ne le vit pas puisque ses yeux étaient fermés, puis elle alla rassembler toutes les démones. Il était temps.

À New York, la panique avait atteint son paroxysme. Les images des massacres tournaient en boucle et à une vitesse ahurissante, elles atteignirent les autres villes, les autres états.

Et le chaos fit enfin son apparition aux États-Unis, il se répandit à une vitesse phénoménale. Pour un feu rouge, une priorité, une place dans la file d'attente ou encore un regard de travers, des gens perdirent la vie. Le combat de celui qui se laisse envahir par la haine et de celui qui laisse la peur prendre possession de lui-même. Tout ce qu'attendait Lily.

Les tueurs sortirent du mémorial et marchèrent dans les rues au milieu des citoyens qui se déchiraient entre eux. Des feux étaient déclenchés et Oscar sourit en s'en apercevant. Ils étaient tous les cinq si soulagés qu'ils ne se posèrent pas plus de questions sur la vitesse à laquelle la haine s'était propagée. Alors vint le moment de faire péter la ville. Deathly le fit en un clignement de paupières.

Le sol trembla, les buildings visés s'effondrèrent, soulevant la poussière autour d'eux. Les écrans géants de Time Square explosèrent, les vitres des magasins, des immeubles, tout finit en minuscules morceaux. Le béton, les routes, s'ouvrirent tandis que les métros étaient en proie aux flammes et aux fracas métalliques.

La statue de la Liberté fut réduite en poussière, son île fortement secouée par la force de l'explosion.

Wall Street, cœur de l'économie new-yorkaise ou presque, devint un brasier incandescent que personne ne pourrait jamais maîtriser.

Et l'Empire State Building, monstre d'architecture, s'effondra sur lui-même, provoquant aussi la chute de plusieurs autres bâtiments autour de lui.

Les gens hurlaient, mais continuaient de se déchirer. Les premières images de ces explosions parvinrent au monde entier, tous ceux qui étaient encore assez lucides pour y prêter attention furent saisis par une panique d'une puissance infinie.

Et Lily fit son apparition au milieu de ce paysage apocalyptique.

Devant les yeux admiratifs de Rose Delgado Medvedev, Anton Medvedev, Caleb Hayes, Oscar Gale et Giuliana Moretti. La fin, la toute fin, celle à laquelle personne ne croit vraiment, était proche. Personne n'était plus en mesure de l'arrêter.

Lily était en flammes, ses yeux noirs semblaient aussi vides que le néant, cette chose abstraite bien trop difficile à définir.

Au milieu de la route, elle leva les mains en l'air ainsi que le visage. Elle inspira à pleins poumons et laissa la peur de tous les Hommes venir à elle. La rage battait ses tempes, alimentait tout son être.

Les démones apparurent derrière elle et Deathly les rejoignit en riant.

Quand Caleb vit Bloody, son cœur se serra, puis ce fut sa mâchoire. Cette petite garce l'avait laissé tomber et n'avait même pas daigné revenir le voir depuis. Il la fusilla du regard tandis qu'elle arborait un sourire très inquiétant.

Rose sentit le bordel arriver. Que toutes les démones et la reine de l'Enfer viennent sur terre en même temps était inédit et elle trouva cela extrêmement préoccupant.

— Qu'est-ce qu'il se passe, putain ?!

Lily baissa le regard vers Rose et lui sourit avec cet air terrifiant qu'elle arborait souvent.

— On arrive au terme de la mission.

— Pourquoi j'ai l'impression qu'il va se passer quelque chose qui ne nous plaira pas ?

— Peut-être parce que t'as un instinct de dingue, *Blood Queen*.

Lily explosa de rire, puis reprit une profonde inspiration et le sol se mit à trembler deux fois plus fort. Les fenêtres des immeubles explosaient toutes en même temps, ce qui fit frémir les tueurs. Mais ce qu'ils ignoraient, c'était qu'au même moment, à travers le monde, les mêmes choses se produisaient.

La reine avait beau être au beau milieu de New York, son pouvoir s'était étendu à la planète entière. Elle était en train de tout détruire par la force seule de sa pensée. Elle n'avait pas à puiser dans sa puissance, l'état actuel des humains faisait le travail et amplifiait son pouvoir. C'était ainsi que la destruction se propageait sur tous les continents.

— Qu'est-ce qu'il se passe, putain ?!

Anton commençait sérieusement à être inquiet. Lui qui n'avait pas peur de grand-chose, de rien pour être précis, il expérimentait réellement ce sentiment face à la reine et aux tremblements qui secouaient la ville. Il était loin de se douter de l'ampleur de la catastrophe. La puissance de la reine en était à ce stade, celui où elle n'avait plus à penser pour tout détruire.

— Je vous ai menti, tueurs ! Si j'avais un cœur, je m'excuserais peut-être, mais ce n'est pas le cas ! Je vais réduire cette planète à néant et tout ce qui s'y rattache ! L'avènement des ténèbres est enfin arrivé !

Lily entrait dans la phase finale. D'énormes orbes noirs commencèrent à sortir de sa poitrine et réduisirent au noir le plus total des points aléatoires situés autour des tueurs.

Oui, le néant, c'est noir. Totalement noir, pas d'ombre, pas de lumière, pas d'objet, pas de vie, rien. Strictement rien.

Rose fut prise d'une panique telle qu'elle resserra la main de son mari et plongea son regard dans le sien.

— Anton ! On va disparaitre !

— *Detka*... putain, je suis tellement désolé. C'est moi qui t'ai convaincu d'accepter ce truc dément... pardonne-moi...

Les deux Medvedev se prirent dans les bras et s'embrassèrent avec tout leur amour, toute leur passion.

Caleb voulait lutter, il ne fut pas capable d'accepter aussi facilement. Il brandit son couteau de cuisine et courut en direction de la reine, mais Bloody l'intercepta grâce à son pouvoir de télékinésie.

— Bloody, putain ! Laisse pas faire ça ! Vous allez tous crever et nous aussi ! C'est complètement dément, bordel !

— Tu n'y comprends rien, Caleb, l'étape suivante est la plus belle, la plus folle. Plus rien n'existera, nous devrons notre libération à notre reine.

— Quelle libération ?! Si elle détruit tout, il n'y aura plus rien ! Merde !

Bloody fit un sourire à son ancien amant et s'approcha lentement de lui. Elle posa sa main sur sa joue et la remonta sur son crâne rasé avant de déposer sa bouche chaude sur la sienne. Un ultime baiser.

— Tu verras, ce sera mieux pour tout le monde.

Bloody reprit sa place à côté de Lily, qui continuait d'envoyer le néant frapper tout autour d'elle, et l'orbe suivant toucha Caleb au beau milieu de la poitrine.

Le noir se répandit lentement. De son cœur à son ventre, ses jambes, ses bras, puis il remonta sur sa gorge...

— Putain, Bloody...

Et enfin son visage disparut complètement, recouvert par le néant.

Oscar laissa échapper un cri de souffrance quand il vit son ami disparaitre, puis il se rua dans les bras de Giuliana et prit sa tête entre ses mains.

— Giu', merci pour tout ce putain de bonheur que tu m'as donné. J'sais pas ce que c'est l'amour, mais je crois que c'est exactement ce que tu m'as donné. Merci pour ça aussi.

Oscar plaqua ses lèvres contre celles de la cannibale et leur baiser eut un goût de larmes, un goût de regrets. Giuliana était malheureuse, elle aurait tant aimé lutter contre ça, réussir à déjouer le plan diabolique et irréversible de la reine. Pourtant, elle n'avait fait qu'y contribuer malgré elle.

Entre deux baisers, elle prit un orbe sur l'épaule et se mit à suffoquer.

— Je t'aime, Oscar, t'es la seule personne que j'ai aimée.

Horrifié, Oscar serra Giuliana plus fort encore dans ses bras et fut, lui aussi, aspiré par le néant qui l'avait touchée.

Les ténèbres sombres recouvraient peu à peu toute la ville, elles s'étendaient autour d'eux, faisant disparaitre immeubles, voitures, personnes, tout... Après New York, les autres villes, les autres états, les autres pays...

Rose et Anton furent les derniers à être touchés, ils ne s'étaient pas décrochés d'un millimètre et quand le néant frappa le dos d'Anton de plein fouet, Rose lança sa hache dans la direction de la reine de toutes ses forces.

Elle ne fut pas en mesure d'arrêter l'arme. Bloody en revanche l'avait vue venir et elle se plaça entre sa reine et la lame, la prenant en plein milieu de la poitrine. Elle s'effondra sur le sol avec le sourire et se laissa recouvrir par le néant.

Petit à petit, mais tout de même à une vitesse ahurissante, tout autour de Lily fut noir. Le néant. Plus rien n'existait.

Il est difficile de l'imaginer, mais à cet instant précis, en dehors de Lily elle-même, plus rien n'existait. Le sourire resplendissait sur ses lèvres et elle ferma les yeux, prête à se faire engloutir à son tour.

Elle le sentait dans ses tripes, le monde entier venait de disparaitre, ainsi que l'Enfer. Plus rien n'existait.

Elle était prête. Elle écarta les bras et laissa l'ultime orbe l'envelopper.

— Oh là, là, sœurette... qu'est-ce que tu as encore fait ?

La reine écarquilla les yeux et laissa échapper un juron face à sa grande sœur, Sienna, la déesse de la Création. Cette venue non attendue promettait une belle bagarre...

FIN

Vous avez aimé votre lecture ?

Laissez sur Amazon 5 étoiles et un joli commentaire pour motiver d'autres lecteurs.
(Et soutenir une auteure qui vous offrira sa reconnaissance éternelle !)

Vous n'avez pas aimé ?

Venez me faire part de vos remarques.
J'adore échanger avec mes lecteurs et je réponds à tous les messages !

Lily

Instagram : lily.padioleau.auteure
Email : ali.luna34@gmail.com

BIOGRAPHIE DE L'AUTEURE :

Moi, c'est Lily Padioleau, auteure démoniaque et sadique de nombreux romans en tous genres dont quelques-uns écrits avec la merveilleuse Sienna Pratt. Enfin, je ne mentionne que ceux qui sont sortis ou en précommande, évidemment le nombre de manuscrits terminés est un peu plus élevé que ça et je ne parle pas de ceux qui sont en cours...

En bref, je suis du genre à bouffer mes touches de clavier au point de devoir en changer, j'écris comme je respire et j'adore ça ! Pour moi, écrire n'a pas été une envie, mais un besoin. Il m'a collé au train pendant longtemps, ma peur de l'échec et mon manque de confiance en moi m'empêchant de sauter le pas. Jusqu'au jour où je les ai envoyés chier à grands coups de pied aux fesses.

Depuis, j'écris tous les jours, même un peu. Si je passe plus de deux jours sans écrire, ça ne va pas, je ne suis plus moi.

Dans ma vie, je suis du genre TOUT ou RIEN, dans l'écriture c'est pareil, je fais avec le cœur ou je ne fais pas du tout. Pas d'entre-deux possible avec moi... C'est ainsi que je suis et ainsi que je resterai.

Hors de question de renier qui je suis ou ce en quoi je crois peu importe les cases dans lesquelles on cherche à m'enfermer. Je ne serai jamais prisonnière d'un moule, je les préfère avec des frites !

Si tu te sens d'humeur curieux, viens découvrir mon antre diabolique, je t'assure qu'on s'y sent parfaitement bien et qu'il y a de la place pour tout le monde !

Instagram : @lily.padioleau.auteure

With Love & Madness

Lily Padioleau

www.ingramcontent.com/pod-product-compliance
Ingram Content Group UK Ltd.
Pitfield, Milton Keynes, MK11 3LW, UK
UKHW040006200726
13854UKWH00001B/57

9 782492 237225